1
次佐駆人
illust 竹花ノート
JN229714
異世界帰りの
勇者先生の
The Hero Teacher who Returned is Unparalleled also in Modern World
Even though it's the modern, my students are fighting monsters, aliens, and mysterious organizations.
無双譚
――教え子たちが化物や宇宙人や謎の組織と戦ってる件――

異世界帰りの勇者先生
相羽 走
アイバ・ハシル
TEACHER
「裏の世界」の剣士
青奥寺美園
アオウジ・ミソノ
STUDENT
『銀河連邦』所属の『独立判事』
新良璃々緒
ニイラ・リリオ
STUDENT

秘密機関『白狐』のエージェント
双党かがり
ソウトウ・カガリ
STUDENT
「九神家」の跡取りお嬢様
九神世海
クカミ・セカイ
STUDENT
メスガキ魔法少女
神崎リーララ
カンザキ・リーララ
STUDENT

右手を前に出して構える。
魔法陣想起、魔力充填、射出――
勇者パーティの賢者が得意だった
『トライデントサラマンダ』、
勇者魔力乗せバージョンだ。
ちらりと横を見ると、
リーララは目を丸く開いたまま
完全にフリーズしていた。

異世界帰りの勇者先生の無双譚 1

～教え子たちが化物や宇宙人や謎の組織と戦ってる件～

次佐駆人

OVERLAP

The Hero Teacher who Returned is Unparalleled also in Modern World

Even though it's the modern,
my students are fighting
monsters, aliens,
and mysterious organizations.

〈1〉

CONTENTS

プロローグ / 003

一章 勇者、教師になる / 008

二章 初めての家庭訪問 / 102

三章 青奥寺と九神 / 134

四章 宇宙犯罪者再び / 197

五章 謎の初等部女子 / 229

六章 九神家 / 271

エピローグ / 311

イラスト/竹花ノート

プロローグ

空も地も、薄黒い瘴気《しょうき》に侵された不毛の大地。

その地の最奥部に、禍々《まがまが》しい尖塔《せんとう》を四方に広げた、巨大な漆黒の城がそびえていた。

『魔王城』——この世界ではそう呼ばれる、人類の仇敵《きゅうてき》の首領が住まう禁断の城である。

今その魔王城の謁見の間では、その城の主、すなわち魔王と、人類最強の戦士たち、すなわち勇者一行との最終決戦が行われていた。

黒曜石をくりぬいて造られたような謁見の間は、壁や床、天井を支える柱に至るまですでに激しく損傷し、先程まで激しい戦いが行われていたことを示していた。

「やったな！　ついに魔王を倒しちまったぞオレたち！」

野太い歓声を上げたのは体格のいい戦士風の男。鎧《よろい》も兜《かぶと》も、武器の大斧《おおおの》もすでにボロボロである。

「ここに来るまでが長すぎて、魔王との戦いは一瞬だった気がするよ」

破れたローブを着た魔導師風の男が言葉を継ぐ。

「確かにのう。だがこうなってしまえばすべてがあっという間であった」

僧侶姿の男が深く息を吐いた。彼の持つ杖《つえ》は半ばから折れている。

「どうした勇者、ここまでやれたのはすべてお前の力があったからだぜ。嬉《うれ》しそうな顔しろよ」

戦士風の男が、一行の中で最も細身の——と言っても恐ろしく鍛えられた身体《からだ》をしているが——男に声をかけた。

その男は、目の前に倒れる異形の巨人……魔王の亡骸《なきがら》をじっと見つめていた。

「まさかまた変身するんじゃないかとか考えてんのか？　さすがに三回目はないだろ。二回目の変身の時、魔王はこれで最後だ、とか言ってただろ」

戦士風の男が勇者の肩を叩《たた》く。

「……そうだな。いや、これで俺の勇者生活も終わりなんだと思ったら気が抜けて」

「なんだそんなことか。この後勇者として国に戻ったら……どうなるんだ？」

「だろ？　元の世界には戻れないって言われたし、このまま俺は行方不明になった方が都合がいいんじゃないかと思うんだよ」

「は？　なんでそんな——」

戦士の言葉を魔導師が遮った。

「勇者殿は、用済みになった自分がロクな扱いを受けないだろうって考えてるんだよ。正直国王陛下はともかく、宰相とその一派は怪しい動きをしていたからね。そもそもあからさまに勇者殿に姫様とかを近づけないようにしていたし」

「そうじゃな。あやつらは魔王より己の権力の方が大切そうだったからの。このまま帰ってもいいかどうかと問われるとワシも自信がない」

「おいおい、ここまで国や民のために頑張ってきた勇者をそんなぞんざいに扱うってのかよ」

「まあまあ、そう決まったわけでもないし、一度戻ってから考えても――」

ビシッ!!

魔道師の言葉をかき消すように、魔王の亡骸から鋭い音がほとばしった。

「何っ!?」

四人の男たちは瞬時に戦闘態勢を取る。その動きに先ほどまでのゆるみは微塵《みじん》もない。

見ると魔王の腹部あたりが裂け、そこから赤黒い球体が現れて宙に浮かび上がるところだった。

その球体は空中で数回蠢《しゅん》動《どう》すると、突然周囲を圧するほどの不可視の力……魔力を放出し始めた。

「何だこれ、見るからにヤバそうな感じじゃねえか」

「もしやこれは……『魔王の真核』かの!?」

「それはどんな物なんだ?」

僧侶の言葉に、勇者は振り返らずに聞き返す。

「魔王が死に絶えると、その力は世界に広がった後長い年月をかけて再び集まり、次の魔王を産む核となると言われておる。じゃがごくまれに、死んだ直後に凝縮することがあるそうじゃ」

「じゃあもう次の魔王が生まれるというのか？」

「恐らくの」

「ちっ。だけど生まれたてならすぐ倒せんだろ」

戦士の言葉に魔導師が首を横に振る。

「魔王は生まれてすぐが一番強い。忘れたのか？」

「くそっ、それマジ忘れてたわ。じゃあ今のうちに叩き斬って――」

「今叩き斬ったら魔力が暴走して大陸ごと吹き飛びかねんのう」

「ざっけんなよ。ここまで来てなんだそれ。運がなさすぎんだろ！」

戦士が歯噛《はが》みする。魔導師も僧侶も緊張の中に諦めの表情を浮かべ始める。

一人何事かを考えていた勇者だけが、一歩前に出た。

「『隔絶の封陣』を使う。皆念のため、全力で城を離れてくれ」

「あ、何言ってんだ？」

「どういうことだい？」

「『隔絶の封陣』で俺ごとこの核を包む。そして核を斬る。封陣は加わった力を別の世界に拡散させる魔法だ。それで魔王の力は消せるだろう」

勇者が淡々とそう言うと、三人の顔色が変わった。

「ば……っ！　それじゃお前も死んじまうじゃねえか！」

「君はそんな自己犠牲が好きな人間ではなかったと思うけど」

「さすがにその策はいただけんのう」

「だけどそれしかないだろ。『隔絶の封陣』は勇者しか使えないし、どうせ死ぬなら俺一人の方がいい。皆待ってる人がいるんだ、考えるまでもない」

「ふざけんな、そんなことさせるかよ！」

戦士が勇者に手を伸ばす。

しかし手が届く寸前、勇者は『高速移動』スキルを発動し魔王の真核に飛びついた。

「すぐに城を離れろ。俺の命を無駄にしないでくれ。長い間世話になった。じゃあな。『隔絶の封陣』」

勇者と魔王の真核を包むように青白く光る多面体の障壁が現れた。

三人は茫然《ぼうぜん》とそれを見ていたが、多面体の中で勇者が手のひらをしっしっと振ったのを見て、涙を流しつつ城の出口へと走っていった。

三人が去ったのを見送った勇者は、障壁の中で剣を構えた。

「王家に伝わる聖剣もこれで消えるけど、上手《うま》くすれば魔王も消えるからな。用なしってことで許してもらうか。さて戦友、最後の仕事だ」

そう言うと、勇者は『魔王の真核』に向かって聖剣を振り下ろした。

一章　勇者、教師になる

耳元で何かが鳴っていた。

とても不快な音だった。

人間を覚醒せざるをえない状態に追い込む、耳障りな、音。

しかしずいぶんと久しぶりに聞いたような懐かしさもある。

この音を毎日聞いていたのは、一体いつのことだったか――

そこまでおぼろに考え、俺はベッドの中で目を覚ました。

見上げるのは見覚えのない天井……いや、見覚えはあるな。

ただこの天井を見上げるのは、やはりずいぶんと久しぶりな気がする。

俺は身を起こし、部屋の中を見回した。

小さなテーブルにノート型のPC、壁には薄型のテレビがかかっており、安物の衣装ケースが部屋の端にある。

――ああ、確かに俺の部屋だ。

いや、「俺の部屋」というほど馴染《なじ》んでもいないか。この部屋を借りたのは確か……そう、今から一週間前だったはずだし。

ベッドの上を見ると、目覚ましのアラームを鳴らし続けるスマホがある。手に取ってアラームを切る。まだ操作は覚えているようだ。

俺は頭をかきながら、もう一度部屋を見回してみた。間違いなく現代日本によくある安アパートの一室だ。

「はあ、まさかこっちに戻ってくるとはなあ。しかもこれ、時間も戻ってる感じだよな」

戻りたいと思っていたはずなのに、いきなりそれが実現したとなるとすぐに信じられないのは人の性《さが》だろうか。言葉に出してみてはじめて、現実感がじわじわと立ち上ってくる。

「あ～、ん、んんっ、しかし声が若いな。俺ってこんな声だったっけ」

俺は確か社会人一年生になるところだったはず。自分の声に違和感をもつのも仕方ない、のかもしれない。

「しかしあれが長い夢だったなんてことは……なさそうだな」

寝巻代わりのジャージがキツい。

上だけ脱いでみるとバキバキに割れた腹筋が目に映った。腕や肩の筋肉もまるで鋼のよう。というか実際に鋼並みの強度にもできる。

「力を得たまま元の世界に戻った、って感じか」

魔法陣をイメージすると手のひらに小さな炎が生じた。魔法もそのまま使えるらしい。

部屋にあるＰＣやスマホといった電子機器と目の前の魔法の炎の対比は、なんとも言えない微妙な違和感をかきたてる。

「……まあ使えても誰かに見せるわけにもいかないよな。どうすんだよこれ、っていって

もどうしようもないか」

そんな一人問答をしていると、テーブルの上に置いてある封筒に気付く。『直感』スキルが反応したので重要な手紙のはずだ。中身の書類を広げて見る。

「明蘭《めいらん》学園……私立の一貫校……新任者来校日……あっ、まさか今日か!?」

俺はスマホの日付表示を確認し、書類の日時とつき合わせ、記憶が正しいことを確認する。

衣装ケースを開くとそこには真新しいスーツがかかっていた。ネクタイの結び方は……完全に忘れてるな。

ああ、スマホで調べればいいのか。こっちは便利な世界だな。

スーツ姿になった俺は、荷物をまとめて鞄《かばん》に入れるとアパートを出た。

住宅街の一キロほど向こうに小高い丘があり、その中腹あたりに学校らしき建物が見える。記憶ではそこが俺が赴任する学校、私立明蘭学園だ。

教育学部を出て地元の公立学校の採用試験を受けて惨敗した俺が、先輩の伝手《つて》を頼ってなんとか採用されたのがその学校だった。

しかし俺はなぜ教員を目指したのだったか。他にやりたいことがない、だから教師にでもなるか。なんかそんな感じだった気がする。

まあ勇者だって無理矢理やらされたけど上手くできたんだしなんとかなるだろう。あの地獄の特訓だけは勘弁だけどな。

そんなことを考えながら歩いているうちに、いつの間にか舗装された坂道を登り始めていた。

丘の上にある学校へと続く道、ブレザー姿の少女たちが歩いて、あるいは自転車で上っていく。学園の生徒たちだ。今は春休みのはずだが、きっと多くの生徒が部活に勤《いそ》しんでいるのだろう。

見慣れないはずの俺に挨拶をしてくれる子もいる。なんとも平和な光景だ。俺は戻ってきたんだと実感する。

しかし歩いていくうちに妙な違和感を覚える。

魔力感知……問題なし。

悪意感知……問題なし。

トラップ感知……問題なし。

感知スキル群を使っても判明しなかったその違和感は、学園の校門に着いた時に明らかになった。

学校の敷地内を歩く生徒が女子しかいないのだ。俺は慌ててスマホを取りだして調べてみた。

「明蘭学園は小中高の一貫教育校であり県内唯一の……女子校⁉」

超重要な情報だ。なぜそれが記憶にないんだ。面接対策で学校のことは調べたはずだろ？　もしかして調べ漏らしたままこの学校に？

……アホか俺。

◆

「……と、以上が我が校の大まかな教育の在り方になります。先生方の通っていた学校とはだいぶ違いますでしょう？」

俺を含めて三人の新規採用教員は、まずはじめに校長室に案内された。

そこで明蘭学園についてのあれこれを聞いたのだが、説明してくれた校長先生がどう見ても三十代の女性、それも女優と見間違えるレベルの美女だったので正直内容がほとんど耳に入ってこなかった。

なにしろ『あの世界』で過ごした十数年間、女性に全く縁がなかったのだ。ヤバいレベルで女性耐性スキルがなくなってるのを実感する。

「はい、私が通っていた学校とは全く違う気がします。特に初等部から高等部までの間で交流があるというのがすごく羨ましいです。自分は小中が小規模校だったので」

そう校長に答えたのは、俺の隣に座っていた同じ新任者である女性――名前は確か『白《しら》根《ね》陽登利《ひとり》』さん――だ。

栗色《くりいろ》の髪を肩のあたりまで下ろしている、目鼻立ちのはっきりした明るい感じの美人である。

「そうですね。全校の児童生徒を合わせると千五百人近いですから最初は驚くかもしれません。学年や学部間の交流は上の生徒にも下の生徒にもどちらにも効果的な活動ですね。若い先生は特に関わる機会が多いと思いますよ」

校長がにっこり微笑《ほほえ》む。う〜ん、ウェーブのかかったセミロングの髪が揺れたりして、やっぱり女優にしか見えないな。

俺が呆《ほう》けていると、今度は対面に座っていた同じく新任のイケメン青年――確か『松波《まつなみ》真時《しんじ》』君――が小さく手を挙げた。

「自分は校舎が小高い丘の上にあるのが素晴らしいと思いました。自分が通っていた学校は街中にあって校庭も狭くて、部活のサッカーをやるのにも離れたところに移動していたので」

「やはり十二年間通うことになる学校ですから、思い出の場所としてふさわしい立地を、との考えがあると聞いています。それに高い場所にあるというのは色々と都合がいいこともありますし。児童生徒は登校の時は少し大変でしょうけどね」

ふふっ、と校長が笑うと、俺を含めた新任の三人も笑う。

あれ、よく見たら俺を除けば美男美女しかいないじゃないかこの部屋。おかしいな、日本って『あの世界』ほど美形はいなかったイメージなんだけど。

それはともかく他の二人が感想を述べたので、俺もなにか言わないとこの場が終わらない流れになってないか？

しまった、校長先生の話なにも覚えてないぞ。

「あ、ええと、自分もその……とても平和そうでいいと思いました。ずっとこう、環境の悪いところにいたもので」

なに言ってんだろう俺。同期予定の白根さんはきょとんとしてるし、松波君は口の端で笑ってるし。

救いは校長が妙に優しい感じの目をしたことだ。

「ええ、相羽《あいば》先生のおっしゃる通りとても平和な学校だと思いますよ。皆真面目な生徒たちばかりですし。先生方にはその平和な部分を支えていただきたいと思っていますので、よろしくお願いしますね」


その後、各部署（学校では校務分掌と言うらしい）の部長の先生のお話を聞き、自分が受け持つ教科の打ち合わせ会（教科会と言うらしい）をし、最後に自分が配属される高等部二学年の打ち合わせ会（学年会と言うらしい）に出席した。

一気に色々聞かされて脳がパンク気味になったが、社会人としてはこれくらいが当たり前ではあるのだろう。

『あの世界』では勇者として軍議に出たり貴族と腹の探り合いをしたりもしたので、これくらいはなんともないはずではあるのだが、戻って初日だから仕方ないと思うことにする。

ちなみに同期の白根さんは中等部、松波君は初等部に配属されたようだ。

しかしここ明蘭学園の校舎は規模の大きさ、敷地の広さもさることながら、きれいで、なおかつ設備が整っているのに驚いた。

自分がはるか昔に通っていた地方の公立校とはまるで違う世界に来たようである。

こういうところで学べれば、俺ももう少しは……なんてことはありえないな。だって文明の遅れていた『あの世界』に放り込まれてからの方がはるかに成長したし。

などと考えつつ、教科書や資料集で重くなった鞄を抱えながら、俺はアパートへ帰るのであった。

翌日からさっそく教員としての仕事が始まった。

なんとなくはわかっていたが、学校というのは基本的にOJT……実際に現場で仕事をしながら覚えていくというスタイルが中心になるようだ。

最初の職員会議で年間計画や月間の計画、そして直近に迫った入学式と始業式、そして新入生オリエンテーションなどの企画案が出されたりするが、正直『こちらの世界』に戻って二日目の脳味噌《のうみそ》には少々ハードだ。

とはいえ『超集中』スキルや『並列思考』スキルなどが仕事をしてくれて、必要な情報を取りこぼすことはないのはラッキーではあった。

モンスターと戦い続けた中で身につけたスキルが平和な日本で役に立つというのはなんとも妙な気分にさせられる。しかしせっかく身につけたスキルである、せいぜい有効利用はしてやろう。

「相羽先生、いきなり会議で色々話をされてびっくりしたんじゃないか？　この学校は初任者でも基本放っておかれるから、わからないことは自分から聞いた方がいいよ」

会議のあと職員室でそう言ってくれたのは、俺が配属された高等部二年の学年主任である熊上先生だ。かなり体格のいい、名前の通り熊っぽい風貌の中年男性である。

俺は熊上先生が担任をする二年一組の副担任になっており、職員室の席も隣になっていた。

「会議の方はなんとか理解はできました。入学式とかってあんなに細かい計画が立てられているんですね」

「ウチの教務主任は細かいからなあ。でもま、どこもあんなもんかな。基本的に自分に割り振られた係をやってれば大丈夫だから」

「わかりました。係のチーフの先生に聞けばいいんでしょうか」

「うんそう、それで大丈夫。ところで相羽先生っていい身体《からだ》してるけど、なんか運動やってたの？」

「あ、ええと……」

実は今着ているスーツもシャツもパツパツなのだ。切った張ったの世界で長いこと戦っていたおかげで、身体が一回り以上デカくなったせいである。

しかしもちろんそんなことが言えるわけもなく、

「格闘技的なものを結構やってまして……」

と誤魔化すと、

「ほほう、それは重要な情報だよ。実は総合武術部の顧問がまだ決まっていなくてね」

という感じで見事に藪蛇《やぶへび》になってしまった。

「総合武術部っていうのは何ですか？　聞いたことがありませんが」

「ああ、剣道と柔道と合気道の三つの武道系の部活をまとめた部なんだ。どこも部員が少なくてね、一つじゃ校則上部にならないから、まとめて部扱いにしてるんだ」

「ずいぶんと力技ですね」

「ウチは部が多すぎるんだよね。だから顧問も足りなくて。ああ、技術指導とかは先輩が後輩にやるみたいな感じになってるはずだから、基本的に大会の引率とか書類のやりとりがメインだよ」

「それだと顧問が武術をやっているのは関係ないんじゃ……？」

「それでも未経験の先生をつけるよりは適材適所さ。もちろん教えられるなら教えてもいいし」

「ん～、まあ球技の顧問よりはいいですね。自分球技が苦手なので」

「オーケー、教務主任に言っておくよ。どうせ若手は運動部の顧問をやらされるから、それなら得意な分野の方がいいって」

と熊上先生はゴツい身体を揺すって笑った。

とまあバタバタしながらあっという間に一週間が過ぎ、入学式兼始業式の日になった。

小中高一貫校ということで高等部の入学式は簡素化され、始業式と同時にやるのだそうだ。

式については「本当に女子しかいない」という以外は、自分の古い記憶にあるものとほぼ同じだった。

問題はその後のホームルームの時間である。

担任の熊上先生について二年一組の教室に向かった俺は、教室に入るや否や三十人分の好奇の視線にさらされてたじろいでしまった。

「さて言ってた通り一組はひき続きオレが担任だから諦めて欲しい。その代わり副担は新任の相羽先生にしてもらったから、オレへの文句は相羽先生に聞いてもらうように」

と慣れた感じで話し始める熊上先生。このあたりの雰囲気は女子校も変わらないんだと一安心する。

「じゃあ相羽先生、軽く自己紹介をお願いします」

「あ、はい。ええと、私は相羽走《はしる》といいます。教科は国語で、総合武術部の顧問です。特技は格闘技です。よろしくお願いします」

教育実習もやったはずなんだが、その記憶も経験もほとんど抜けきってるな。

というか、女子の視線がここまで強烈なプレッシャーになるとは思ってなかった。しかも数人の視線が感知スキルに引っかかるレベルに強い。まさか今の挨拶で「生理的に受け付けない」とかいって嫌われたんじゃないよな？

強い視線を向けている生徒を確認する。

一人は黒髪ロングの子だが……目つき悪いな!?

もう一人は背が高そうなショートボブの子でこっちも目が怖い。目に光がないからか？

もう一人はツインテールの子だけど……よかったこの子は目つきが普通だ。いや普通だからこそこの視線が逆に怖いんだけど。

「さて、詳しい話は授業の時にしてもらうことにして、まずは課題を集めるぞ。用意してくれ」

熊上先生の指示で俺への視線が外れた。生徒たちは一斉に課題らしきものを机上に出し始めるのだが……そこで俺は軽い恐怖を覚えた。

だってクラス全員が課題を完全提出するなんてあり得ないだろ？


教員の中心業務と言えばもちろん授業である。教育実習では緊張しまくっていた記憶があるのだが、勇者としてクソ度胸だけはついているのでそちらの方は特に問題なかった。

いやもちろん授業の準備をしたり実際に授業をやったりする中で小さな問題は山ほどあったが、それは新人教員としては当たり前の範囲の話だ。明蘭《めいらん》学園の生徒は基本的に皆真面目で、正直自分がここで教壇に立ってもいいのかと不安になるくらいであった。

話によると上位組は普通にトップクラスの大学に行き、それ以外の生徒もほとんどが進学するそうで……俺なんでこんな学校に採用されたんだろう？

と疑問を感じつつも、放課後の今向かっているのは武道館である。

明蘭学園の武道館は二階建てで、各階に二つずつ武道場があるという半端なく立派なものだった。

ただ残念なことに、そこで活動している各部活はどこも部員数が少なく、剣道、柔道、合気道合わせて十七人しかいない。そりゃ抱き合わせで一人の顧問が見るという話にもなるだろう。

部員たちとはすでに春休み中に顔合わせを済ませてあり、何度も見にきてはいるのだが、正直顧問としてはやることがない。

なにしろ練習は部長を中心に部員だけでやってるし、俺自身教えられることはほとんどない。

なんでもありなら地球最強の自信すらあるが、ルール内で行われる競技の最適な動きはそれとは全く別のものだ。

俺は剣道、柔道、合気道の道場を見て回り、特に問題ないことを確認すると、もう一つの道場に足を向けた。その板張りの武道場では、道着を着た背の高い生徒が延々と一人組手をやっているのだ。

「先生、暇そうですね」

青みがかった白髪をショートボブにしたその女子は、俺の姿を認めるなり動きを止めて非常に失礼なことを言ってきた。

『新良《にいら》　璃々緒《りりお》』

俺が副担をする二年一組に所属している生徒だ。始業式の日に俺を強い視線で見てきた生徒の一人である。

彼女は『総合武術同好会』の会長としてこの武道場の使用許可をとっているのだが、他に四人いるはずの会員は一度も見たことがない。

「暇じゃないけど、組手の相手ならしてあげようか新良さん？」

「お願いします。相手になるのが先生しかいないので」

そう言って、新良は床に置いてあったヘッドギアとグローブを投げてよこした。

俺はネクタイを外してそれらを身に着ける。

彼女がやっているのは『真ギンガ流』という武術なのだそうだ。聞いた事もない流派だが、要は素手である以外は打撃も投げも極《き》めも締めもなんでもありの武術らしい。

軽く関節をほぐして新良と向かい合う。最初に組手の相手をした時から感じているのだが、彼女は明らかに実戦を経験している者の風格がある。もしかしたら彼女の切れ長の目に常に光がないのはその辺りに関係があるのかもしれない。

いや、そんな生徒がいるのはちょっと問題な気もするが……

「いきます」

言葉と同時に彼女の長い手足が次々と閃《ひらめ》く。

突き、突き、中段回し蹴り、突きから下段回し蹴り、と見せかけて足の軌道が変化しての内回し蹴り……

『寸止め』を全く意識していないどころか、平気で頭部を狙ってくる技だ。

というか教師相手に手加減一切なしなんだよな。一番最初の組手の時だけは手加減してたっぽいけど、俺が強いと理解するとすぐに遠慮がなくなった。

俺はそれらの技を捌《さば》いたりガードしたりしながら、適当に技を返してやる。

もちろん十分に手加減はする。俺の拳は上位オーガの顔面を一撃で粉砕できる。本気など出せるはずもない。

十五分ほど組手をしていただろうか。新良は満足したのか、それとも体力が切れたのか、ふぅふぅと息をしながら「ここまでで」と言ってきた。

ふと見ると、武道場の入り口に他の武道部の部員が十名ほど立っていて、全員が瞳の中にキラキラした光を充満させている。

彼女と組手をすると必ず見学組が現れるのだが、どうやら目当ては新良のようだ。確かに彼女はいかにも女子に人気が出そうな風貌をしていた。

……最初に俺目当てか？　と勘違いして嬉《うれ》しくなったことは早く忘れたい。

「ありがとうございました。いいトレーニングになったと思います。防具はこちらに」

「どういたしまして。やっぱり蹴りの時に重心が少し浮いてるから、威力を出したいなら気を付けた方がいいかもしれない」

あまりありがたそうな顔をしていない新良に適当なアドバイスをして、俺は職員室に戻ることにした。

「相羽《あいば》先生お久しぶりです。高等部はどうですか？」

帰り際、校門で声をかけて来たのは同期の白根《しらね》さんだった。彼女は中等部に配属されたはずであるが、新任者の研修以外ではほとんど顔を合わせることはない。お互い忙しいのでこれは仕方ないだろう。

「久しぶりです白根先生。授業も部活も、生徒が真面目だから仕事自体は楽ですね。うまくやれてるかどうかは自信が全くありませんけど」

「ふふっ、私も同じです。生徒はみんな真面目ですごいけど、逆に自分ができてるか心配になりますよね」

「本当にそうですね。なんでここに受かったのか今でも不思議に思いますよ」

と普通に会話しているが、実は俺の方はかなりドキドキ、というかビクビクしていたりする。

学生時代も、そして『あの世界』に行ってからも、同年代の女性とはほとんど会話がなかったのだ。

学生時代は部活に逃げていた自分が悪いんだが、『あの世界』でも女性は周囲の思惑もあって遠ざけられていたんだよな。

「白根先生は英語でしたっけ？　生徒はやっぱり英語はかなりできる感じですか？」

「そうですね、帰国生徒とかもクラスに二、三人いて、正直私より喋《しゃべ》れる子もいますね。他の子も多分普通の中学生よりは断然できると思います」

「それはちょっと怖いですね。俺は教えてるのが国語だからよくわからないんですよねその辺。ああでも質問の答えとかは予想外に深くまで突っ込んでくるからやっぱり優秀なんだろうな」

「ですよね。ところで相羽先生も生徒にもててるんじゃないですか？　松波《まつなみ》先生はかなり大変みたいですよ。いつも女子に囲まれてるって」

「ああ……」

松波君は同じく同期のイケメン青年だ。確かに彼が初等部の女子に囲まれている姿は容易に想像できる。

それに引き換え俺は……若い男性教員はモテるから勘違いするなと研修で何度も釘《くぎ》を刺されたんだけどなあ。

「あっ、そろそろ行かないと。じゃあお互い頑張りましょう」

俺が遠い目をしていたのだろう。白根さんは慌てたように自転車にまたがると去って行ってしまった。

彼女は駅まで自転車で行き、そこから電車で実家まで帰るらしい。それに対して俺は歩きで通えるから楽ではある。

部活で遅くなった生徒に挨拶をされながら、坂道を下りて住宅街に入る。夕飯を買って帰ろうと思いつき、スーパーの方に足を向ける。

半額弁当が残っていることを祈りながら歩いていると、常時展開している感知スキルに何かが引っかかった。

「何だ、イノシシでも迷い込んだか？」

こっちのイノシシはスキルで超高速突進してきたりはしないが、それでも牙で動脈を裂かれれば最悪死に至る。

反応からして結構大きな個体だ。下校中の生徒もまだいるだろうし様子は見ておくか。

俺は踵《きびす》を返すと、感知先に向かって走り出した。


そこは住宅街からは少し離れた、高い塀に囲まれた廃材置き場だった。

もちろん関係者以外立ち入り禁止の場所であるが、俺はその塀を飛び越えて中に侵入していた。

本来ならそこまでイノシシを追いかける必要はない。

俺が不法侵入を決意したのは、感知に引っかかったモノが急速に増えていったからだ。

しかも感知スキルの反応からすると、その増えたモノは明らかに野生動物ではなかった。

なぜならそいつらは『魔力』――『こちらの世界』にはない超常的な力の源となるもの

──を持っていたのだ。

「これってモンスターの反応なんだが……まさかな」

と口にしてみるが、『あの世界』で嫌というほど付き合ってきた奴《やつ》らだ。俺が間違えるはずがない。

『隠密《おんみつ》』スキルで気配を殺しつつ、廃材の山の間を歩いてそいつらに近づいていく。

すでに陽《ひ》が落ちて、塀の外に立つ外灯の光がかすかにあたりを照らしているのみだ。しかし俺の『暗視』スキルは廃材置き場の様子を昼間のように見せてくれる。

「なんだあれ……ローパーか？」

「ローパー」とは、『あの世界』にいたイソギンチャクの化物みたいなモンスターだ。

長い触手で獲物を搦《から》めとるのを得意とする、慣れないと厄介な奴なんだが……目の前に十四ほどで群れをつくっているモノは、そのローパーによく似た形をしていた。胴の大きさはドラム缶くらいか、その上部には無数の触手が生えている。

日本に、というか地球にあんなモノがいるとは聞いたことがない。

仕方ない、『アナライズ』。

深淵獣《しんえんじゅう》　丁型
──無数の触手によって生物を捕食する深淵獣

一定量を捕食するごとに分裂して個体数を増やし、その土地の生物を根絶やしにする

特性
打撃耐性　水耐性

スキル
触手打撃　触手拘束　麻痺《まひ》毒

『アナライズ』は俺が作り出した魔法だ。

世界のどこかにあると仮定される情報集積体《アカシックレコード》を参照して、対象の情報を表示する……みたいな魔法なんだが、『あの世界』の人には理解してもらえなかった。

ちなみになぜか人間に対しては使えなかったりする。所詮素人作の中途半端な魔法である。

まあそれはともかく『深淵獣』なんて聞いたこともない。

ただ説明からするとやはりローパーに似たモンスターっぽいな。ほっといたらマズいのも同じらしい。どうにもよくわからないが、とりあえず退治しておくか。

俺は『空間魔法』を発動、目の前にぽっかり空いた黒い穴に腕をつっこんで目的のものを取り出す。

手にしたのは『あの世界』で使っていたミスリル製の長剣、結構なレアものだ。

「さて、どんなもんかね」

俺は『高速移動』スキルを使って一体に接近、長剣で『深淵獣』とやらを真っ二つにする。

シュシュシュシュ……

両断されたそいつは妙な音を立てながら地面に溶けていった。そして後には黒光りする小さな珠《たま》が残された。

「え、弱……」

思ったよりも斬った時の手ごたえがない。真っ二つになっただけで消えるのもちょっと期待外れだ。ローパーなら二つになってもまだ動くからな。

まあそれはともかく、俺は深淵獣が残した黒い珠を拾ってみた。大きさはピンポン玉より一回り小さいくらいだろうか。

深淵の雫《しずく》
一　深淵の霊気が凝縮した石

一　深淵獣を召喚する時の触媒となる

　またよくわからないアイテムだが、『召喚』というのは少し気になるな。『あの世界』には『召喚師』と呼ばれるモンスター使いがいたが、こちらの世界にもいるということなのだろうか。

　などと考えていると、一匹が倒されたからか、残りの『深淵獣』が臨戦態勢に入ったようだ。十四ほどの触手付きドラム缶が一斉に俺ににじり寄ってくる。

　俺は『高速移動』しながら、数秒でそいつらのほとんどを斬り捨てた。最後まで殲滅《せんめつ》しなかったのは、感知に新たな反応が引っかかったからだ。

　明らかに人間、それも特殊な力を持った人間の反応。接近速度が異様に速い。十中八九この『深淵獣』と何らかの関係のある存在だろう。

　俺は『隠密』スキルを最大にし、素早く廃材の陰に隠れた。

　暗闇の中に姿を現したのは、長い髪をなびかせた女性……雰囲気からするとおそらく少女……だった。腰には日本刀らしき得物を佩《は》いている。

「数が少ない……？　石が落ちているってことは誰かが討伐したってこと？　それとも共食いとか？　後で師匠に聞いてみないとだめか」

　聞き覚えのある声だった。

いや、そのブレザーにも、その顔にも見覚えがある。

視線の先、闇の中に佇《たたず》んでいるのは、俺が副担をしている明蘭《めいらん》学園二年一組の生徒だった。

出席番号一番の彼女、名前は『青奥寺《あおうじ》　美園《みその》』といった。

青奥寺は、長い黒髪を腰あたりまで垂らした、顔立ちの整った女子である。真面目で品行方正、その髪型からしていかにも委員長っぽい雰囲気を醸してだしている生徒。

……なのだが、長めの前髪の下にあるやたらと眼光鋭い目が優等生オーラを完全に消し去っているという、非常に目立つ子であった。

言うまでもなく、始業式の日に強い視線を投げかけてきた生徒の一人でもある。

「とりあえず討伐しないとね」

彼女はそう言うと、腰の刀を抜き放った。

遠目でもわかる、特別な力を持った刀だ。刃に流れる魔力が澄んでいる。聖剣に類する刀だろう。

青奥寺は一瞬上段に構えたかと思うと、『高速移動』スキルにも似た動きで深淵獣に接近、一気に刀を振り下ろして袈裟《けさ》斬りにした。

だがさすがに一撃では両断はできないらしく、触手の反撃を距離を取ってかわす。回避動作が大きいのは麻痺毒を警戒してか。

そして再接近、二撃目で深淵獣を消滅させた。

彼女は見る間に三匹の深淵獣を倒すと刀を鞘《さや》に納め、地面に落ちた珠──『深淵の雫』を拾い始めた。

うん、中々の強さだな。冒険者としては中の上くらいの実力はあるだろう。アタッカーとして鍛えればいい戦力になりそう……じゃなくて、いったい何が起きたんだ？

ここは日本だ、『あの世界』じゃない。モンスターが群れで現れ、それを討伐する女子校生がいる。

そんな世界じゃなかったはずだよな、確か。

「回収完了。撤収っと」

俺が首をひねりまくっている間に青奥寺は『深淵の雫』の回収を終え、声をかける暇《いとま》もあたえずにそのまま去っていった。

ちょっと待ってくれ、教師としてどうすればいいんだ、これ。

◆

「熊上先生が入院されたんですか？」

「ええそうなの。だから申し訳ないんだけど、今日からしばらくの間、一組のホームルームをお願いしますね」

翌日出勤すると、俺は高等部二年の学年副主任である山城《やましろ》先生に呼ばれた。

山城先生は結いあげた後ろ髪と口元のほくろがセクシーな年齢不詳の美人先生である。噂《うわさ》によると一児の母らしいのだがとてもそうは見えない。ちなみに俺の教科の指導教官でもある。

と、それはいいのだが、これは困った。

いきなり担任代理も困ったが、青奥寺の件をそれとなく熊上先生に聞いてみようと思っていたのだ。

「自分初任者なんですが、その辺りは大丈夫なんでしょうか？」

「ええ、何かあったら他のクラスの副担の先生がフォローしますから。さすがに任せっきりにはしませんから安心してくださいね。でも相羽《あいば》先生は初任者とは思えないほど落ち着いてるから、全部任せても大丈夫そうだけど」

「さすがにそれは……。熊上先生は重い病気なんですか？」

「命に係《かか》わるとかそういうのじゃないって連絡は来てるみたい。ただ退院がいつになるかはわからないそうよ」

「わかりました。とりあえず今日からホームルームに行きます」

俺は熊上先生の机の上から配布するプリントなどを取りながら、青奥寺のことを山城先生に相談するかどうか決めかねていた。

朝のホームルームに行くと生徒は全員揃《そろ》っていた。

熊上先生が体調不良でしばらくお休みすると告げ、戻るまでは俺が担任代理だと言うと、生徒たちはさまざまな反応をした。

熊上先生は生徒の信頼も篤《あつ》いし体調不良ということでもあるから、さすがに喜んだりする生徒はいない。この辺りはきちんと弁《わきま》えている生徒たちで、逆に俺の方が昔を思い出して恥ずかしくなってしまう。

ちらりと青奥寺の方を見ると、彼女もいつも通りの様子だった。

視線が合いそうになったので慌てて逸《そ》らす。よくないなこれ、観察しすぎると妙な噂が立ちかねない。

連絡をしてホームルームを終わらせると、教室を出ようとしたところで一人の生徒が俺のところに来た。

「相羽先生っ、これをお願いします。明日から三日ほど公認欠席を許可していただきたいのですが、その申請書です」

一通の封筒を渡しながらペコリとお辞儀をしたのは、明るい色の髪をツインテールにした活発そうな女子だ。

名前は『双党《そうとう》　かがり』。

見た目は可愛《かわい》らしいちょっと小柄な普通の女の子、なのだが、始業式の時に視線の強かった女子の一人である。

「ああ、預かるよ。理由は……家事都合ね。熊上先生は詳しい事情を知ってるのかな？」

「はい知っています。多分山城先生も知ってると思います」

「わかった、明日から三日だね」

とやりとりをしていると、彼女が本を持っていることに気付いた。そういえば双覚は休み時間に席で本を読んでいることが多い気がするな。

「双覚さんはいつも本を読んでるけど、何の本を読んでるんだい？」

「えっ、あ、先生も興味あります？」

と言って本のカバーを取って見せてくれたのだが、

「特殊部隊コンバットマニュアル……？」

想像の斜め上過ぎるタイトルがそこにあった。

え、これってどういう反応するのが正解なの？

『高速思考』スキルと『並列思考』スキルを使ってもその答えは出てくることはなかった。


翌日も青奥寺についてどう対応するのか迷ったままだった。

普通に考えれば学年副主任の山城先生に相談するところなのだろうが、「生徒が日本刀でモンスターを討伐していたんですが」なんて言えるはずもない。

「一度後でもつけてみるか……って、ストーカー教師かよ」

帰り際にぶつくさ言っていると、

「誰の後をつけるんですか？」

と斜め後ろで声がして、情けないことに俺はビクッとなってしまった。

感知スキルは常時展開していても、生徒の反応は無視してたのが裏目にでたか。

振り向くと、黒髪ロングの目つき悪い系美少女がそこにいた。

「ああ、青奥寺さん。いやちょっとアパートの近くにマナーの悪い猫がいてね。後をつけて飼い主を見つけようかと思って」

こういう咄嗟《とっさ》の言い訳を考える時には『高速思考』スキルは有用なんだがなあ。

「そういうことですか。生徒の後をつけるつもりなのかと思いました」

と、ジト目で俺を見上げてくる青奥寺。眼光が刺さって物理的に痛い気がする。

「そんなことするわけないから。そんな人間に見える？」

「人は見かけでは判断できませんからね」

それは間接的に「ストーカーするようには見えない」って言ってくれてるんだよね……？

「先生は歩いて通ってますけど、お住まいのアパートが近いんですか？」

「ああ、一キロくらいかな。近いね」

「そうですか。この辺りは昼間は何もないんですが、夜は少し治安が悪い場所があるみたいです。気を付けた方がいいと思います」

「そうか、ありがとう。遅く帰る時は寄り道しないようにするよ」

う～ん、先日の一件を知らなければなんてことない会話なんだけどな。

と、そこで、俺の耳元あたりにチリ……という電気が流れるような感覚が走った。

スキルとは別の、膨大な実戦によって培われた第六感とでも言うべきものが、何かが起こりかけているると告げているのだ。


「すみません先生、急ぎの用事がありますので先に行きますね」

それに合わせるように、青奥寺は走って去っていってしまった。また先日のモンスターが現れるということなのだろうか。

仕方ない、真面目にストーカーをしてみますか。勇者が女の子の後をつけるなんて、勇者パーティの奴《やつ》らが知ったらメチャクチャ言われただろうけどな。

◆

俺は一旦学校に戻って青奥寺の家の住所を確認してから、彼女の家の近くで張り込みをした。

彼女の家は歴史のありそうな日本式の家屋で、庭もかなり広かった。明蘭学園は有力者の子どもも多いらしいが彼女もその一人なのだろう。

青奥寺が動き出したのはやはり陽《ひ》が落ちてからだった。この間と同じように刀を携《たずさ》えて、『隠密《おんみつ》』スキルに近い力をまとって街中を歩いていく。

まあさすがに刀を持ってるのを人に見られたらヤバいよね……じゃなくて、そんなスキルを持っていることの方が驚きだ。

彼女が向かったのは、住宅街から郊外に出る辺りにある公園だった。背の高い木立に囲まれた、敷地面積はサッカーコートの五倍はありそうな公園だ。しかし郊外の公園のためか外灯の数が少なく、中央の広場までは人の目が届きにくい。モンスターと戦うには丁度いいロケーションと言えなくもない。

俺が公園の外周部で様子をうかがっていると感知スキルに反応がある。数は三つ、それぞれが前回の『深淵獣《しんえんじゅう》　丁型』より三倍くらい強い魔力を持っている。

公園に入り、木立の陰から様子をうかがう。

外灯が淡く照らす広場の真ん中に、日本刀を帯びたブレザー姿の黒髪少女が立っていた。

黒髪少女——青奥寺《あおうじ》が刀を構えると、その先にぼんやりと六本足の獣型モンスターの姿が浮かび上がってくる。

深淵獣　丙型

六本の足を持つ肉食獣型の深淵獣

複数匹で狩りをする習性があり、数が増えるごとに戦闘力が急上昇する

縄張りと定めた土地に定着し、その土地の生物がいなくなるまで縄張りを離れる

ことがない
特性
嗅覚強化　聴覚強化　瞬発力強化　反射神経強化
スキル
爪撃　嚙《か》みつき　突進　跳躍

スピード重視の完全物理タイプ、雰囲気的には『あの世界』のウルフ系のモンスターに近いだろうか。

はっきりとその姿を現した『深淵獣』は、錆色《さびいろ》の毛を持ち、熊に似た頭部をもつ獣だった。大きさはトラくらいはあるだろうか、これ結構強いんじゃないだろうか。

「丙三匹……やれる！」

青奥寺はそう言い放つと、向かって右の深淵獣に向かって『高速移動』、すれ違いざまに足二本を斬り落とした。

だが倒れた深淵獣の首を落とそうとしたところに別の一匹が襲い掛かった。

読んでいたのか青奥寺はバックステップしてかわし、追撃しようとする『深淵獣』を刀を振って牽制《けんせい》。そこにもう一匹が合流し、二対一の戦いが始まった。

二匹と一人の位置が目まぐるしく入れ替わり、爪と牙、刀の白刃が交錯する。

しかしその力関係はわずかながら青奥寺の方が上のようだ。

『深淵獣』の爪がブレザーを浅く裂くのにとどまっているのに比べて、青奥寺の放つ斬撃は確実に深淵獣に深い傷を負わせていく。

一撃で決めようとせず、持久戦で確実にダメージを蓄積させる戦法。

それができるということは、彼女がかなりの経験を積んでいることを示していた。

「せいッ！」

ダメージに耐えきれず動きが止まった一匹の深淵獣の首を、青奥寺の振るう刀が斬り落とした。

もう一匹もすでに満身創痍《まんしんそうい》だ。足を切断された残りの一匹はまだ地面でもがいている。

勝負あったか……というところで感知に新たな反応が。

さらに大きい魔力が公園中央に凝縮を始めている。ここで新手とはなかなかハードだな。

「まさか乙が来るの!?　師匠を呼ばないとっ」

青奥寺はとびかかってきた『深淵獣』をすれ違いざまに両断すると、もがいている残り一匹にもとどめを刺し、スマホを取り出した。

スマホを操作する青奥寺の顔が液晶のバックライトに照らされて浮かび上がる。

多少の焦りが見えるその顔はすぐに厳しい表情に変わった。悪い目つきがさらに悪くなる。

「師匠も戦闘中……しかも遠い。足止めしながら待つしかない、か」

青奥寺はスマホを操作してポーチにしまった。

彼女が振り返った先には、すでに新たな『深淵獣』が姿を現していた。

深淵獣　乙型

巨大な虫型の深淵獣

腕の鎌で相手を引き裂くことに固執する、嗜虐性《しぎゃくせい》の強い肉食獣

常に移動をして、手当たり次第に獲物を捕食する

特性

外殻強化　瞬発力強化　反射神経強化

スキル

鎌撃　噛みつき　飛翔《ひしょう》

見た目は超大型のカマキリだ。全高だけで三メートル以上あるだろう。刃渡りだけで一メートルありそうな鎌をつけた腕が四本、胸部から左右に突き出ている。

『あの世界』でもなかなかお目にかかれない上位モンスター。さすがにあれはヤバい。足止めとか言ってたが、青奥寺の実力だともって十分がいいところだ。しかも青奥寺は体力を消耗している。放っておけば数分であの鎌の餌食だろう。

俺は『空間魔法』からミスリルの剣を引き抜き、木立の陰から公園の広場に出た。

「青奥寺、下がっててくれ」

声をかけると青奥寺はワンステップで距離を取りながら、俺の顔を凝視した。

「……っ!?　相羽《あいば》先生、どうしてここに!?」

「話は後でしょう。とりあえずこいつは俺が相手をするから見ててくれ」

青奥寺はなにかを言おうとしたが、その前に巨大深淵獣が動き出した。ガサガサと六本の足で前にでながら、四本の鎌を広げて獲物……俺に向かってくる。

間合に入った瞬間、四本の鎌が絶妙な時間差をつけて襲ってくる。

なるほどこれは並の前衛だと一撃だな。

と感心しつつ、俺は剣を一息で円を描くように振り切る。

その一撃で四本の鎌はすべて根元から切断され、四方に飛び散った。

キシャァッ！

自慢の鎌をすべて奪われ一瞬動きが止まった『深淵獣』だが、そのまま巨大な顎で噛みつきにきた。

まあそうするしかないよな。でも弱点を近づけたらダメだろう。

俺はさらに剣を一閃《いっせん》、一抱えもありそうな頭部を縦に真っ二つにする。巨体がビクンと跳ね、そのままシュシュシュと音を立てて地面に溶けて消えていった。

「見かけ倒しか。動きはいいが打たれ弱いな」

先のローパーもどきといい、こっちの世界のモンスターは防御力に難がありそうだ。そもそもモンスターがいること自体がおかしいんだけど。

地面に残されたソフトボール大の黒い珠《たま》を拾っていると、背後から声が聞こえてきた。

「……乙を一瞬で……？」

振り返ると、そこには呆《ほう》けたように立ち尽くす目つきの悪い美少女がいた。


「先生はもしかして私の知らない分家の方……ですか？」

青奥寺は刀の柄《つか》を気にしながら、俺から少し距離をとりつつそんなことを言った。

「いや、分家とか本家とか、そういう関係ではないと思う。それよりさっき応援を呼んでたみたいだけど、そのままだと来てしまわないか？」

「そこまで見てたんですか？」

「あ～、まあ……ね」

ストーカーまがいのことをしてたからな。そこは突っ込まれるとちょっと弱い。

青奥寺は疑わしそうな目で俺を見ながらも、スマホを操作し始めた。

「ああ、ええと、青奥寺は一体なにをしてるんだ？　それにあの化物はなんだ？」

「あの化物は深淵獣と言います。私はそれを退治しています。というか知らないで戦ったんですか。それなのにあの強さは異常です。先生こそ何者なんですか？」

「何者と言われてもね……」

仕方なく出てきてしまったけど、さてどう話をしたらいいんだろうか。

青奥寺の事情は聞いておきたいが、さすがに一方的に聞くわけにもいかないだろう。でもなあ……

「見ての通り、化物と戦うのに慣れてるだけの教師なんだけど……」

鋭い眼光が納得できませんと言っている。

「う～ん、簡単に言うと俺は別の世界で長い間勇者をやってたんだ。で、向こうの世界で死んだと思ったらこっちの世界に戻ってきてた」

「別の世界……勇者……ですか？」

「そう。だからまあかなり強いのは確かだね。これでも魔王を倒してるから」

「なるほど、わかりました」

え、わかっちゃうの？

「先生が本当のことを言うつもりがないということは」

ですよね……

「本当のことなんだけどね。それで、青奥寺さんはどういう立場なんだ？　分家とかって言葉が出るってことは、青奥寺さんの家が化物の退治をする家系だってこと？」

「ええ、そうですね。青奥寺家は代々深淵獣を狩ってきた一族なんです。闇に隠れて人を守る責を負っています」

「はあ、そんな一族がいたんだ。じゃあ深淵獣っていうのは？」

その質問には青奥寺は首を横に振った。

「それについてはよくわかっていません。ただ古《いにしえ》から、時折地上に現れて人を食う化物とだけ」

「ふうん。それで、青奥寺の家のことを知ってる人は家族以外ではいるの？　例えば他の先生は……」

「熊上先生と山城《やましろ》先生はご存知です」

「え、そうなの？」

なんとまあ、それはまたとんでもない話である。

俺がふぅと息を吐いてビックリ情報を頭の中で整理していると、青奥寺が前髪の下から鋭い視線を投げかけてきた。

「先生はあまり驚かないんですね。やっぱり慣れているんですか？」

「いや、十分驚いてるよ。まさか日本にモンスターがいるとは思わなかったし。その上モンスターを狩る女子が自分のクラスにいて、しかもそれが学校公認なんてね。驚きすぎて逆に反応に困ってるって感じかな」

「そうは見えませんけど」

青奥寺《あおうじ》はあいかわらず猜疑心《さいぎしん》に満ちた目を向けてくるが、実際驚いているのは確かだ。

ただそれを表に出すのは勇者としては恥ずかしいから我慢である。

「……う～ん、しかし青奥寺のような子がいるなら、もしかしたら元勇者も珍しくない可能性があるのか？」

「それはないと思います」

ふとした思い付きを一刀両断され、俺は目つきの悪い黒髪少女を見返すことしかできなかった。


翌日、青奥寺は何事もなかったかのように登校してきた。

まあ俺も何事もなかったかのように出勤しているわけだが。

朝のホームルームが終わると、青奥寺は俺のところに来て「昨夜はありがとうございました」と礼を言ってきた。

「あ～、どういたしまして、かな。急にどうしたの？」

「いえ、あの後お礼を言ってないことに気付きまして……」

少しバツの悪そうな顔をする黒髪少女。このあたりはいかにも模範的な優等生って感じなんだよな。

「教師が生徒を助けるのは当たり前だし、そこまでかしこまらなくてもいいけど、でもお礼を言うことは必要か」

教師としてどうもこのあたりの対応はまだ苦手だな。何を言っていいのか正解がわからない。

「はい。それと、もしかしたら家の方から後で連絡があるかもしれません。私の師も興味を持ったらしくて」

「ん～、わかった。連絡があったらちゃんと対応するよ」

俺がそう答えると、青奥寺はホッとしたような顔で席に戻って行った。

昨夜は互いのことは基本的に口外しないという緩い約束をして別れていた。彼女の方は家族とか『師匠』とやらには相談するだろうとは思っていたが、やっぱり興味を持たれてしまうよな。

問題は、「担任代理が『勇者』を自称する変態だと娘を預けられない」とかいうクレームとかだと困るということだが……むしろその方がありがたいか？

ちなみに俺の方は誰かに言っても自分がおかしい奴《やつ》あつかいされるだけだし、そもそも守秘義務があるので一切口外するつもりはない。

問題は学年副主任の山城先生に報告するかどうかなのだが……

「相羽先生、今日はぼんやりしていることが多いわね。疲れているんじゃない？」

放課後、教科の指導を受けているときにそんなことを山城先生に言われてしまった。

「え、ええ。少し悩んでいることがありまして」

「あら、生徒のこと？」

しなを作りながらこちらに向き直る美人副主任。やっぱり無駄に色っぽいよね山城先生。

「そうですね。ちょっと理解できない場面にでくわしたんですが、どうしたものかと」

「ふふ、女子はときどきそういうことをするかもしれないわね。それは一組の生徒のことなのかしら？」

「ええ、青奥寺なんですが……」

そう言うと、山城先生の目がすうっと細まり、表情が一瞬だけ失われたように見えた。

昨夜青奥寺が言っていたように、やはり山城先生は青奥寺の裏を知っているようだ。しかもその反応からするとかなり重い扱いっぽい。まあそりゃそうか。

「青奥寺さんがなにをしてたの？」

「この間の夜なんですが、日本刀のようなもので何かと戦ってたんですよね。それで終わったところで話しかけてみたら、そういうことをしている家系だとかなんとか言われまして。どうしたらいいんですかね」

「……それは穏やかじゃないわねえ。校長先生にすぐにお話をした方がよさそう。ちょっと一緒に来てくれる？」

山城先生はそう言うとすっと席を立った。

これって当然校長も知ってるってことだよな。いったいなに言われるんだか。いきなり記憶を消されたりとか……まさかないよな?

校長室に行くと、校長先生と山城先生の二人と面談するような形で応接セットに座らされた。

正面に女優系美人、左に妖艶系美人という強力な布陣は、戦いに明け暮れた元勇者にはかなりキツいものがある。

俺が小さくなっていると、校長先生がやや硬い表情で口を開いた。

「相羽先生、貴方《あなた》が見たというものをもう一度説明していただけますか?」

「あ、はい。数日前、夜買い物に出かけたら、青奥寺らしい人物を見かけたんです。夜だったのでさすがに見逃せないと思って後をついていったら、いきなり現れた変な動物と戦い出したんです。俺がどうしていいかわからずにいたら、戦いが終わってしまって。そこで青奥寺と話をしたんですが、自分は化物を退治する家系の者だと言われまして……」

「なるほど、青奥寺さんに直接聞いたというわけですね。そのことを他の人には?」

「もちろん言っていません。生徒のプライバシーにも関わることですし」

さすがにこれプライバシーってレベルの話じゃないよな? と思ったが、校長が「それは正しい判断ですね」と言ってくれたので正解だったとしよう。

「それでですね、こういう場合は教員としてどう対応すべきなんでしょうか?」

少し安心した俺はすかさず質問をした。事実関係の確認はあまり突っ込まれると困るからだ。なにしろストーカーしてたしな。

「まずは相羽《あいば》先生が御覧になったことについては今後も一切他言無用でお願いします。生徒のプライバシーということもありますが、日常の裏で化物が出現していること、そして青奥寺家がそれら化物を退治していること、この二点は長らく秘匿されてきたことですので」

「はあ……」

「もっとも話をしたところで、信じてくれる人はいないでしょうが」

そこでフフッと笑う校長。ミステリアス美女も似合うなあ。

「それと知っておいて欲しいのですが、青奥寺さんが化物を狩る家系の生まれであること、そして実際に化物を狩っていることは、本学の一部の教員も知っている事項になります。つまり彼女は本学公認で狩りを行っているということです。ですので、相羽先生が彼女に対して特に指導をする必要はありません」

「それでいいのでしょうか？」

「納得はいかないかもしれませんが、この世界には一般の人間が知らないことが多くあるのだと思ってください。もちろん私もすべてを知っている人間ではありません。相羽先生には今後も二年一組の臨時担任として頑張っていただきたいと思います。よろしいですね？」

なるほど、校長先生の言い方からすると、この件に関しては深く立ち入らないで済むようにしてくれるようだ。もし俺が本当に一般人であったなら、きっとこれが一番ありがたい対応なんだろうな。

「……わかりました。自分も仕事を失いたくはありませんし、守秘義務についても理解をしていますので、今まで通り職務に専念します」

校長先生の心遣いを酌んで、とりあえず一般人的な回答をしておく。

もし青奥寺のことを話したら守秘義務違反で厳罰に処す……などと釘《くぎ》は刺されなかったが、自分がそれを理解しているとは伝えておく。

校長はそこも理解してくれたのかニコッと笑った。山城先生は横でふうと安堵《あんど》の溜息《ためいき》をもらしている。

「結構です。青奥寺さんも普通の生徒と同じように接してあげてください。ああそう、山城先生から相羽先生は初任者とは思えないほど落ち着いていると聞いていますよ。期待していますからね」

「ありがとうございます。期待に応えられるよう頑張ります」

というわけで、日常の陰に隠れた驚くような真実を知ってしまったものの、とりあえず俺自身はなにもしなくていいようだ。

もっとも昨日のピンチを見る限り、青奥寺に対してなにもしないのもマズい気がする。知ってしまった以上、そして生徒の命に関わる話である以上、勇者として見て見ぬふりができないのも確かなんだよな。

「はあ、なんかこっちに戻ってきてから休む間がなくないか……」

アパートで遅い夕飯を食いながら、俺の口からつい独り言が漏れてしまう。

波乱の勇者人生が終わって戻ったと思ったら、初日から出勤日でそのまま怒濤《どとう》の新人教員生活とかさすがにヒドいのではないだろうか。

なにしろ『あの世界』での思い出にゆっくりと浸っている暇すらない。それが現代の社会人だ、と言われればそれまでだが、さすがにおかしいと思わないでもない。

そういえば勇者パーティのアイツらは国に帰ってきちんと評価されただろうか。

俺と違ってそれぞれもともと地位のある奴らだったから大丈夫だろうとは思うが、俺は王国に帰っていたらきっとロクな目に遭わなかったろう。権力闘争とかホント勝手にやってくれって感じだが、そうもいかないのが政治の世界なんだよなあ。

などと考えながら、ぼんやりとテレビを見る。

と、流れていたバラエティ番組が、急にニューススタジオの画面に切り替わった。

『……緊急速報です。都内のナカタチビルにおいて立てこもり事件が発生いたしました。複数の犯人がビルをすべて封鎖して、人質をとって立てこもっている模様です。犯人の目的は不明。現在警察はビルを包囲して、犯人と交渉ができないかを探っているところです』

おや、俺がいない間にこっちの世界も物騒になったもんだ。

そういや『あの世界』に行く前にも、似たような立てこもり事件が話題になっていたような気がするな。ただそれは日本じゃなくて別の国だったと思うけど。

『……新しい情報が入りました。どうやら犯人は、自分達《たち》を『クリムゾントワイライト』と名乗っているようです。繰り返します、犯人は『クリムゾントワイライト』を名乗っているようです』

あ、この恥ずかしい名前で思い出した。確か「国際的な犯罪組織」とかって奴だ。そんな組織現実にあるのかよ、とか学生の間でも話題になってたなあ。

あれ、ということはそいつらが遂《つい》に日本にも現れたってことか？　それって結構ヤバい話なんじゃないのか。『クリムゾントワイライト』と言えば確か乗っ取ったビルを丸ごと爆破したりするトンデモ連中だったはずだ。

『これは直前のビルの入口の様子を映した監視カメラの映像です。複数の似た背格好の男が入って行く様子が映っています』

テレビに映っているのは、確かに言われてみれば似た背格好をした男たちの姿だった。一応違う服を着ているみたいだが、着ている服のセンスが同じだ。誰か一人が全員の服を選んだとしか思えない。

しかしそれよりも、俺の目を強烈に引くものが画面の端に映っていた。

「これ双党《そうとう》じゃないか？」

そこに映っていたのは、大きなリュックを背負ってビルに入って行く、明るい色の髪をツインテールにした少女。

それは俺が担任をしている二年一組に所属しており、昨日から公認欠席をしている生徒、双党かがりに間違いなかった。

◆

「あ〜、集まってるな」

夜中にもかかわらず、その二十階建てのビルの周りはものものしい雰囲気に包まれていた。

周囲の道路にはいくつものパトカーや人員輸送車が並び、多くの警察関係者が動き回っている。

さらにその外側にはマスコミの取材陣が張り付いていて、不謹慎だがちょっとした祭りの場のようにも見える。俺はその様子を、近くのビルの屋上から見下ろしていた。

ちなみに近隣にあるいくつかのビルの屋上には、警察の特殊部隊らしき人間が待機しているようだ。

さて、なぜ俺がこんなところにいるかというと、さすがに生徒のピンチは見逃せなかったと言うしかない。

正直なところ、いくら超人的な勇者パワーを持っているからといって、事件を解決してやろうとかそんなことを考えたことはなかった。日常が忙しすぎてそんなことすら考える間がなかったし。

しかしさすがに教え子が巻き込まれたとあっては教師としては動かざるをえなかった。もっとも犯罪組織によるテロとか、普通の教師だったらどうにかできるものでもないんだが。

「中はどんな様子かな……っと」

各種感知スキルを全開にして、ナカタチビル内部を走査《スキャン》する。

わかるのは生き物の大まかな位置だけだが、それでも十分な情報だ。

「ビルは地上二十階、地下二階……七階のホールに人が集められているのか。他の階にはほぼいない……いや、何人か殺されてるなこれ。完全にイカれてる連中じゃないか」

『クリムゾントワイライト』の構成員と思われる連中は七階を中心に十三人いるようだ。それとは別に五人が地下二階にもいる。

さらに気になるのは、それらとは全く別に独立して動いている『誰か』がいることだ。見ていると、その『誰か』は『クリムゾントワイライト』の構成員と思われる反応に接近し……

「お、反応が消えた。殺した……のか？」

『クリムゾントワイライト』の構成員を始末したと思われれるその『誰か』は、すぐにその場を離れた。

この手のシチュエーションはさすがに経験がないが、恐らくプロの動きだろう。警察関係の特殊部隊員かと思ったが、彼らが一人で動くことはないはずだ。

とすると偶然事件に巻き込まれた元自衛隊員がいるとかそんな話か？　いやいや映画じゃないんだからさあ。

「とりあえず乗り込んでみるか」

俺は『隠密《おんみつ》』スキルと『光学迷彩』スキルを発動して姿を消すと、ビルの屋上から身を躍らせた。

『風魔法』を三回使って身体《からだ》を吹き上げれば、そこはナカタチビルの屋上だ。

屋上の扉の鍵を魔法『風刃』で切断し、俺は謎の犯罪組織が占拠するビルに侵入した。


「まずは人質の確保が優先だな」

と口に出して確認する。

人質救出作戦なんて勇者やってたときも経験がない。なにしろ魔王軍は人質なんてとらないから、作戦といえばほとんどがカチこんで暴れるだけの脳筋作業だったしな。

七階まで階段で下り中央のホールを目指す。

感知スキルを活用すればうろつく構成員に見つかることはない。勇者って隠密活動にも向いてるんだと初めて知ったな。

「ここがいいか」

俺はホールに隣接する部屋を選び、そこに入って行った。

ホール正面の扉から入るのはさすがに間抜けだろう。警備も一応いるみたいだし。

俺は部屋の奥の壁の前に立った。この向こうが人質の集められたホールである。

タイミングを見計らって魔法を発動する。

『掘削』

『あの世界』ではトンネルを掘るための平和的な魔法。

だが勇者の俺が使うと大抵の構造物に大穴をあける攻城兵器になる。

ボンッ、という音とともに壁に人が余裕で通れるほどの穴が開いた。

俺は間髪を容《い》れずにホールに突入する。

『感覚高速化』スキル、『高速移動』スキル発動。

『感覚高速化』は、体感時間を引き延ばすスキルだ。感覚が高速化されることで世界のすべてがスロー再生のようにゆっくり動いて見えるようになる。

無論そのままでは俺自身の動きもゆっくりになるので、『高速移動』スキルを併用する。

そうすることでスローになった世界の中、俺だけが普通に動けるようになるわけだ。

ホール内を見回す。『クリムゾントワイライト』の構成員は全部で八人、全員がマシンガンのようなものを持っている。おいおい、ここは日本だぞ。

その内数名が俺に……というより穴に向かって発砲した。

俺の姿は『光学迷彩』スキルで見えないはず。それでも何かがいると判断しての攻撃だろう。この判断の早さは間違いなく訓練を受けた者のそれだ。

指先ほどの大きさの弾丸が、俺に向かってゆっくりと飛んでくる。俺はその弾丸を余裕でかわしつつ、『拘束』の魔法を構成員全員にかけていった。全員が固まった体勢のまま棒のように倒れる。

正直『あの世界』では盗賊とかもさんざん討伐したから、いまさら人を殺《あや》めることにためらいがあるわけでもない。ただここは日本だからな、さすがにちょっとは考えるところだ。

ここでスキルを解除。世界の時間が元に戻る。

人質になった人たちはホールの中央で一塊になって床に座らされていた。パッと見その中に双党はいないようだ。

代わりに人質に紛れていた『クリムゾントワイライト』構成員二名を発見。なるほどそういうエグいやり口があるというのは聞いたことがある。

むろんその二名も魔法で拘束。時間にして数秒の出来事である。

感知スキルに反応、他の構成員が異常を察知してか扉を開けてホールに飛び込んでくる。もちろん全員身体を硬直させて床に転がるだけだ。

さらに感知に反応。これは構成員じゃないな。例のワンマンアーミー、映画の主人公君だ。

俺はホールの端に移動して様子を見ることにする。

その人物はホールの扉から入ってきた。小柄な人物だ。全身黒ずくめで、さらには目出し帽《バラクラバ》を被《かぶ》り、ヘッドセットをつけている。

やはり特殊部隊のようにしか見えない。少なくともこの場に偶然居合わせた人間の格好ではない。

彼は床に転がっている構成員を見るやいなや躊躇《ちゅうちょ》なく発砲した。

そう、彼もサブマシンガンのような銃を持っているのだ。しかもその銃には射撃の音が小さくなる筒状の奴《やつ》……サイレンサー？　サプレッサー？　だったかがついている。

冷静かつ正確に、床に倒れた構成員にとどめをさしていく。確かに彼から見たら構成員は生きたまま転がってるだけだから、その判断は正しいのかもしれない。

人質の中にいた構成員までも処理をし、周囲の様子を見回した後、彼はホールから出ていった。

「目標αクリア。ただしCTエージェントが謎の発作で倒れている現象を確認。またαの部屋の壁に、直径二メートルほどの破壊痕を確認。両者の因果関係は不明。他の侵入者の有無を含めて原因を調査されたし。当方は警戒しつつ目標βに向かう」

通路の陰に隠れるようにして、彼はヘッドセットのマイクに向かって報告をする。あろうことか、その声には聞き覚えがあった。

いやいや、またなのか？　またそういうパターンなのか？

俺は少しだけウンザリしながら、彼……いや、彼女の後を追った。

黒ずくめの彼女が向かったのは地下だった。確かに、地下にまだ『クリムゾントワイライト』の残りがいる。

地下に向かう階段には見張りがいたが、彼女は一瞬で射殺する。

ただし人間が倒れる音はいかんともしがたい。

すぐに二人の構成員が様子を見に現れる。彼らは仲間の死体を確認するとすぐに奥に引っ込んでしまった。

なるほど守りを固めたか。これで正面から踏み込むのは難しくなった。

彼女は構わず階段を下りる。その先には地下二階のフロアに続く扉。

手前には警備員らしき人間の死体が横たわっている。『クリムゾントワイライト』の仕業だろう。

扉の奥には四人の構成員が待ち構えているのが感知できる。

どうするのかと思っていると、彼女は腰のポーチから小さなスプレー缶のようなものを取り出した。

ピンを抜いて奥に投げる……って、もしかして手榴弾《しゅりゅうだん》!?

ドアが吹き飛び、奥から銃声が聞こえてくる。

彼女は先程と同じ手榴弾を連続投擲《とうてき》。入り口の向こうに投げ込まれた手榴弾が連続で炸《さく》裂《れつ》し、銃声は沈黙した。

彼女は入り口からフロアへと侵入する。生き残りの反撃を想定してか、その動きは非常に素早い。

実は確かに生き残りはいた。いたのだが、それは俺の魔法で寝てもらった。『睡眠』は壁越しに使える数少ない魔法である。

彼女はすでに意識がないであろう構成員に、それでも一発ずつとどめをさしていく。完全にプロフェッショナルだ。

「目標βクリア。地下金庫に問題なし。CTエージェントは十八体すべて処理。当方の任務完了を認められたし」

彼女は再びどこかと交信をする。

任務完了が認められたのか、返答を聞いて「了解。帰投する」と答えた。

「ふう、ちょっとイレギュラーもあったけど、とりあえず犠牲者が最小限で良かった……かな。あまりヘコんでるとまた怒られるしね」

通信を終えた彼女は急に口調を変えると、汗をぬぐおうとしたのか目出し帽を外した。

「でもあれってなんだったんだろう。CTエージェントが変調をきたすような何かがあったってことだよね。あとで人質の人に聞けばわかるか」

現れたのは明るい色の髪の毛と可愛《かわい》らしい顔立ち。ツインテールこそほどいているが間違いない。

そこにいたのは俺が担任するクラスの生徒、『双党《そうとう》かがり』に間違いなかった。

◆

翌朝、俺は朝食のパンを食いながら、昨夜の双党の件をどうするかで再び頭を悩ませていた。

ちなみにあの後、俺はこっそりとビルを抜け出して家に帰ってきていた。あの場で双党に声をかけるのはさすがにためらわれたし、かけないで正解だろう。また俺の正体を探られるのがオチだし。

問題はこのことをまた山城《やましろ》先生に相談するかどうかだが……よく考えたら「犯罪組織が占拠するビルに潜入したら中で生徒が戦ってました」とか言えるはずないな。

朝のニュースを見る限り、昨日の件は警察の特殊部隊が突入して解決したということになっていた。映像でも十名前後の特殊部隊員がビルに入って行くところを映していたが、彼らの格好や装備は双党のそれとは別モノであった。つまり双党は警察とは無関係な可能性が高く、しかもその存在は公になっていないということである。

「ってことは、見なかったことにするのが一番か」

校長のあの意味深な言い方からして、青奥寺《あおうじ》と同じく双党のこともすでに学校側は知っている気がする。余計なことを言っても藪蛇《やぶへび》になるだけだろう。

と、いい感じに対応策がまとまったところで玄関のチャイムが鳴った。

こんな朝早くからなんだと思いつつ玄関に向かう。

扉を開けるとそこにいたのは、ツインテールにブレザー姿の少女だった。

「え、双党さん？」

「あっ、先生おはようございます。ちょっと相談したいことがありまして、失礼します！」

と言って許可も待たずにアパートに上がり込む双党かがり。

「ちょっ……待てって。部屋に上がるのはマズいから」

女生徒が独身男性教員の部屋に……というのも問題だが、そもそも未成年を部屋に上げること自体がアウトである。

俺が慌てて制止をしようとすると、双党は振り向いて、ペロッと舌を出した。

「先生にお話があるんです。昨日の夜の件で」

「は……？」

ええ、それってまさかあの場にいたことがバレてるってこと？

『光学迷彩』スキルは監視カメラにも映らないはずなんだが……

「登校前だからお話は手短にしますね」

双党はそう言って勝手にテーブルの向こう側に座る。仕方なく俺は反対側に腰を下ろした。

「それで話ってのはなんだ？　公欠は今日までだったと思うけど」

「用事が早く片付いたから今日から登校します。それで話というのはもちろん、先生がどうしてあのビルにいたかってことなんですけど」

「あのビルじゃわからないな」

とぼけると、双覚はむぅ、と少し膨れて見せた。

この小動物みたいな生徒が昨夜犯罪組織を相手にドンパチやってたとは到底信じられない。

「ナカタチビルです。『クリムゾントワイライト』が占拠してたビルです。これでいいですか？」

「オーケー。で、俺がそこにいたって証拠は？」

「監視カメラに映ってたんです」

「じゃあその映像を見せてくれ」

双覚はまたむぅ、という顔をしたが、スマホに似た端末を取り出すとそこに表示された映像を俺に見せた。

信じられないことに、確かにあのビルの内部を歩く俺の姿が映し出されていた。

「先生が光学迷彩シールドを使っているのは驚きでした。これってウチの機関でもまだ試作段階なんですよ。ただまあ、その場では見えなくても、ＡＩで解析すれば御覧の通り見えちゃうんです」

マジか、すげえなＡＩ。

「なるほど。ところでその『機関』ってのは？」

「あれ？　知らないんですか？　先生って『アウトフォックス』の人ですよね？」

「『アウトフォックス』？」

聞いた事の全くない言葉だ。文脈からするとそれも何らかの組織、もしくは機関ということだろうが……

「とぼけなくてもいいじゃないですか。別に敵対してるわけでもないですし」

「いや、本当に知らないんだけど。俺はこの世界じゃただの新人教師だし」

「ええ!?　あ、でも先生、今『この世界じゃ』って言いましたよね？　どういう意味ですか？」

あ、しまったつい……。まあいいか、どうせ聞かれる話だ。

「俺は教師になる前に別の世界に行っててね。そこで長いこと勇者をやってたんだ。特別な力があるのはそのせいなんだよね」

「へ……？」

双党はきょとんとして俺の顔をしばらく見ていたが、急にプッと吹き出した。

「あははは、先生ってそういう冗談言う人だったんですねっ。今のはちょっと面白かったです」

いやいや、冗談じゃなくてね……と言ってもまあそういう反応になるのかなあ。

「先生の正体については秘密ってことですね。あ、でもこれは教えて欲しいんですけど、ホールにいたCTエージェント……『クリムゾントワイライト』の兵士を倒したのは先生ですよね？」

「あ～、ホールの奴については確かに俺がやった。『拘束』って魔法で動けなくしただけだけど」

「あ、その設定は続けるんですね。CTエージェントを無力化した方法は秘密ってことか。あと、先生はどうしてあそこにいたんですか？」

「俺があそこにいたのはニュースの映像に双覚が映ってたからだよ。巻き込まれたんだと思って一応助けに行ったんだ」

「え……っ？」

双覚はまたきょとんとして……今度は急にもじもじしだした。

「あっ、それはその……ありがとう、ございます？」

「まあ必要なかったみたいだけど」

「そうでもなかったですよ。私も人質の救出についてはちょっと悩んでいたので。そういえば壁の穴も先生が？」

「あれも魔法。『掘削』って穴掘りするやつなんだ」

「ビルの壁を簡単に突破できる技術まであるんですね。先生の背後にある機関、興味あります」

そんな『機関』は存在しないんだよなあ。

「しかし教師としては双党のことを止めるべきなんだろうけど、双党にも事情があるんだろ？」

「はい。お気持ちは嬉《うれ》しいですが、こればかりはやめるわけにはいかないんです」

背筋を伸ばして真面目な顔になって答えるところを見ると、誰かに強制されているというより、本人も責任感とかがあってやってる感じなんだろう。

相手が『国際的犯罪組織』だし、正義感とかそういうのもわからなくはない。

けどやってることがちょっと常軌を逸しているというか……まあ俺が言うのもなんだけど。

「熊上先生とかもご存知なんだよな？　それなら俺はこれ以上はなにも言わないよ」

「ありがとうございます。私も先生のことは、『機関』以外では口にしませんから」

そう言うと、双党は立ち上がって、バッグを肩にかけ直した。

「それと先生、CTエージェントは人間ではなく、命令を遂行するだけの人形みたいなものなんです。だからもしまた戦うことがあったら機能を停止させてしまった方がいいですよ」

彼女はそう言うと、一礼をして玄関から出て行った。

その日の学校の業務は、とりたてて何事もなく終わった。

青奥寺も双党も他の生徒と変わりなく授業を受け、学校生活を楽しんでいるように見える。

今まであまり気にしてなかったが、青奥寺と双党、そして総合武術同好会会長の新良《にいら》は仲がいいようだ。裏がある女子同士でなにかシンパシーでもあるのだろうか。

でもそうすると、新良にも何か秘密があるということになるが……

うん、間違いなくあるな。組手の時の雰囲気からして、どう見ても新良は実戦を経験してるし。

いやいや、なんなんですかねこっちの世界は。一般人の知らないところで闇の存在と戦う少女たちがいたなんて、もと一般人としてはかなり怖いんですが。

とか言ってるうちに放課後である。しゃあない、ちょっと新良にも探りをいれてみますか。

と考えて武道場に来たわけだが、そこには俺を待ち構えていたかのような雰囲気の新良がいた。

「……先生、今日も組手の相手をお願いできますか？」

「ああいいよ」

防具を受け取って身に着ける。これ常に手入れがされてて変な臭いとかしないんだよな。いつもなにを考えてるのかよくわからない感じなんだが、見かけによらず新良は細かい気配りのできる女子なのかもしれない。

向かい合って道場の真ん中に立つ。すでに入り口辺りには他の女子が観戦しに来ている。

自分達《たち》の練習をやりなさいよ君たち……って、それを言うのが顧問か。

「いきます」

言葉と同時に新良がスッと間合を詰めてきた。

そこから始まるのは嵐のような連撃。しなやかに動く両腕と両の足を、次々と俺の身体《からだ》に打ち込んでくる。

俺はそれらをすべて弾《はじ》きながら、円を描くように移動していなす。

しかし今日はいつにも増して容赦がない。というか一発一発の打撃に明らかに殺気がこもってるんですけど。威力もいつもの五割増しくらいにはなってるよねこれ。

もしかしてあの二人に話を聞いて俺が何者なのか試すとか、そんな感じなんだろうか。

ともあれ受けてばかりだと組手にならないので、俺の方でも攻撃を返してやる。

せっかくだからちょっとだけ本気で打ってやるか……って、打ったら新良の顔色が変わってしまった。やべ、火をつけたか。

烈火のように攻めてくる新良の相手をしてやること十分ほど、新良がやっと体力切れの兆候を見せた。俺が軽く突き放してやって「ここまでにしよう」と言うと、新良は構えを解いた。

「はぁ、はぁ……。ありがとう……ございました」

「どういたしまして。しかし新良は強いな。男相手でも余裕でKOできるだろ」

そう言うと、中腰になって息をしている新良はいつもの光のない目を上目遣いにして俺に向けた。眼《め》力《ぢから》が強くてちょっと怖いんですけど……

「でも先生には全く勝てる気がしません。いったいどういうことですか？」

「どういうことってどういう意味だ？」

「いえ、なんでもありません。防具を」

新良が会話を断ち切ったので防具を返してやる。彼女は何を言いたいのだろう。まるで「勝てるはずなのに、勝てないのはなぜですか？」みたいな言い方だ。

いやまあ確かに新良の技は普通の男なら一発でダウンしかねない程度の威力はあるが、それでも格闘家なら対応できないレベルではないはず。

……あ、よく考えたら俺の知ってる格闘家って『あの世界』の人間しかいないな。そうすると俺の感覚がおかしいってことかもしれない。

「先生とはあとでお話をしないとならないかもしれません」

そんなことを言いながら、新良は更衣室に消えていった。

武道場から職員室に戻った俺は、次の授業の用意をしてから帰宅の途についた。

校門を出て少し歩くと、スーツを着た若い男が先を歩いているのが見えた。その背中に声をかけるかどうかちょっと悩んだが、彼の足元が少しふらついているのが気になってしまった。

「お疲れですか、松波《まつなみ》先生」

振り返ったイケメン青年はやはり同期の松波真時《しんじ》君だった。

白根《しらね》さんと同じく俺とは配属先が違うので、新任者研修以外で会うことはほとんどない。

「ああ、相羽《あいば》先生ですか。お疲れ様です。高等部はどうですか？　さすがに女子も高等部になれば落ち着きますよね」

そう言って笑う彼の顔にはいささか力がなかった。なんかやつれてないか松波君。おかしいな、同じ同期の白根さんの話だとモテモテのティーチャーライフを送っているはずなんだが。

「そうですね、ほとんど手はかからない感じですよ。正直自分の高校時代を思い出して気後れするくらいですね」

「ははは、ウチの学校の生徒は優秀な子が多いですからね。初等部でもすでに中等部の予習をしてる子も多くて、授業のレベルをどこに合わせるか悩みますよ」

「それは高度な悩みですね。俺は授業の方はまあ適当にやってるんですが、急に担任代行をすることになってそっちがキツいです」

「担任の先生に何かトラブルでも？」

「急に入院しちゃったんですよね。いつ戻るかまだわからなくて。それより本当に松波先生も大丈夫ですか？　かなりお疲れに見えますが」

そう聞くと、松波君は視線を外し、遠くを見るような目をした。

「……ええまあ、一部の子のいたずらというか、からかいがちょっと度を越してまして。注意しても聞いてくれないんですよね……」

あれ、どうやらモテすぎて女子の対応に疲れた感じか？

俺には全く経験のない世界の話だが、それはそれで大変なんだろうなあ。

「悪意がなかったりすると強く注意もできないですからね。週末は忘れてゆっくり休んだほうがいいですよ」

「ありがとうございます、そうしますよ。……彼女は本当に悪意がないんでしょうかね……はあ……」

あらら、ちょっと重症っぽいなこれ。

まあその手の話は男だけのパーティを組んでた勇者ではどうにもできないからな。

せいぜい身体を壊さないように祈っててあげよう。

◆

明蘭学園《めいらん》は基本的に教員の週休二日を徹底しているのでホワイトな職場であった。

部活の大会だけは土日開催になるので仕方ないが、それでもありがたいことである。

学部に遊びに来てた卒業生の先輩は、教員の仕事は休みがないと泣いてたからな。まあ『あの世界』の勇者業務に比べればこっちの世界の仕事はほとんどがホワイトだけど。

そんなわけで休日となる土曜日、俺はアパートから二十キロほど離れたとある山の中腹にある、破棄された採石場跡地に来ていた。

俺は週末には必ず勇者スキルを解放する日を作っている。

死ぬほどの特訓と死と隣り合わせの戦いで身に付けたスキルだし、どうやらこっちの世界でも使う場面はありそうなので鍛錬は欠かさないことにしたのだ。

各種感知スキルを発動しながら『高速移動』『感覚高速化』『光学迷彩』『隠密《おんみつ》』と同時発動して高速ランニングを行う。

一時間かけて百キロほど走り、次は『空間魔法』を発動して、身長より刃渡りの長い極太の大剣『ディアブラ』を取り出す。

『身体固定』『身体超強化』を発動して重さ百キロを超える魔剣を振り回す。

圧倒的な質量と漆黒の刃に宿る特濃の魔力により、周囲にはすさまじい衝撃波が幾重にも放たれる。

三十分ほど素振りを行い、剣をしまう。

心を落ち着け、脳内に複雑な魔法陣を想起。

その魔法陣が完成すると同時に、前に出した手の先から炎の槍《やり》が三重螺旋《らせん》を描いてほとばしった。

炎の槍は岩壁にぶつかる直前にかき消える。さすがにそのまま撃ち込むと大爆発が起きてしまう。魔法キャンセルも訓練のうちだ。

俺はその後、覚えている魔法をすべて放つ。勇者パーティの賢者にはかなわないが、俺は自分の趣味でかなりの魔法を修めていた。

「ふぅ、ちょっと休むか」

ここで鍛錬していると毎回感じるのだが、不思議と体のキレが上がっている。

毎日身体トレーニングも欠かしていないとはいえ、運動量は『あの世界』にいた時よりは圧倒的に少ないはずなのだが。

「ん、なんだこれ？」

スポーツドリンクをあおっていると、感知スキルに反応。

どうも空から何かが落下……いや、だんだん減速をしているところを見ると降下しているようだ。動きが明らかに飛行機やヘリコプターのそれではない。

「まさか今度は未確認飛行物体《UFO》ってか？　いくら勇者でも宇宙人の相手は守備範囲外なんだがなあ」

新たな面倒事の発生を予感しつつ、俺はペットボトルを『空間魔法』に放り込むと、反応に向かって走り出した。

山の中を爆走し、峠を二つ越えたさきにそれの降下地点はあった。

さすがに一気に近づくのは危険なので、着地点が確定した時点で歩きに切り替える。

着地した時に特に衝撃音や振動もなく、また樹木の間からは火や煙なども見えないので、やはり墜落ではなく着陸したと考えるのが適当だろう。

とすれば、当然それの中には『乗組員』がいるはずだ。まさかホントに宇宙人とかいうことはないよな……というのはさすがに最近の流れに毒され過ぎか？

十五分ほど樹々《きぎ》を避《よ》けながら斜面を下りて行くと、斜度の緩やかな沢の真ん中に、それはあった。

いや、あったという言い方は少し不正確かもしれない。

それは光学迷彩で巧妙に欺瞞《ぎまん》され、『ある』はずなのに『なにもない』ようにしか見えなかったからだ。

感知スキルによると、その光学迷彩の中には観光バスを四台束にしたほどの大きさの物体があるようだ。

ただし生き物の反応はない。

最初からいなかったのか……周囲を探ると、なにかが沢から山へ入って行った跡がある。

数は恐らく一体、二足歩行のようだから人間と考えるのが普通だろう。

それはともかく、光学迷彩技術を持った空中を自由に動ける物体か。

もしどこかの国の秘密兵器的なものだったら、これを見たこと自体かなりマズい話になりそうだが……

「……っ!?」

その時、感知スキルにいきなり反応があった。

低空を超高速でこちらに移動してくるモノがある。反応からして人間だ。ハンググライダーでも使っているのだろうか。

俺は隠れようとして、向こうの視線がすでに俺に届いているのを感じてやめた。すでにあちらも俺を認識しているようだ。

河原で待っていると、『そいつ』は空から姿を現した。

ひとことで言えば、それは銀色の鎧《よろい》に全身を包んだ人間だった。

ただその鎧は中世の板金鎧《ばんきんよろい》とかそういう感じではなく、どちらかというとSF的……パワードスーツとでも言うべきものであった。

そいつは手足から出るジェット噴射っぽいもので姿勢を制御しながら、器用に河原に着地した。背中の翼がシュッと格納される。ちょっとカッコいい。

『こちらは銀河連邦独立判事リリオネイト・アルマーダ。そちらの素性を明らかにされたし』

その銀鎧は、肩アーマーについた天秤《てんびん》に星が載せられた図柄の紋章を示しながら、そんなことを言ってきた。声は電子処理されているようで、男女どちらかすらわからない。

いや多分女だな。だって胸当て部分がやたらと前に突き出してるし、鎧も全体的に女性的なシルエットだ。

しかし「ギンガレンポウ」「ドクリツハンジ」って……もしかして「銀河連邦」「独立判事」か？

やっぱり完全にSFじゃないか。しかも肩書的にこの人物は秩序側の人間……警察官的な立場の人間なんだろう。とすれば初手は逆らわないのが吉だ。

「あ～、こちらは相羽走《はしる》。高校の教員だ。それ以上でもそれ以下でもない」

俺が答えると銀鎧は腰の銃のようなものを抜いた。

いやちょっと、正直に答えたんですけど!?

『もう一度問う。そちらの素性を明らかにされたし』

「いやだから、名前は相羽走。明蘭学園という学校の教員をやっている」

と同じ答えを繰り返すと、銀鎧のお嬢さんはいきなり銃を構えて引き金を引いた。

狙いは俺……ではなく、沢に着陸している『未確認飛行物体』だった。

銃口から放たれた光線……やっぱりSF的な光線銃だった……が光学迷彩で隠れた『物体』に命中する。

すると一瞬で光学迷彩がはじけ飛び、『物体』の全容があらわになった。

それはやはり観光バスを束にしたほどの大きさの、暗灰色をした宇宙船であった。

いや、実際は宇宙船かどうかはわからないのだが、四本の脚で沢に着陸しているそれは宇宙船としか言いようがない雰囲気を持っていた。

『この星間クルーザーはそちらの持ち物だな？』

銀鎧の言葉にはどことなく勝ち誇ったような響きがある。

あ、これ、完全に勘違いされてるやつだ。

「いや違う。何かが降りてくるのが見えたのでここに来ただけだ」

『不可視シールドを展開したクルーザーが見えるはずはない。嘘《うそ》は不利になるだけだと思え』

「ああすまん。見えたのは確かに嘘だ。だけどわかったんだよ、何かが降りてくるのが。俺は勘が鋭いんだ」

銀鎧は再び発砲した。着弾したのは俺の足元だ。地面のえぐれ具合からいって威力はファイアボールの魔法くらいか。調整できる可能性もあるな。

弾速は感じ光速みたいだから見てから避けるのは不可能。まあでも銃口の前に身を置かなければ問題はない。そもそも物理攻撃である限りいくらでも防ぐ手段はあるが。

『その落ち着きかたからいって、そちらがこの星の人間ではないことは明らかだ。連邦版図外への入植は厳しく禁じられている。こちらの指示に従い法の裁きを受けよ』

「待ってくれ。俺はこの星の人間だし、そちらの言っていることは全く理解できない。どうすればこの星の人間だと納得してくれるのか教えて欲しい」

俺がそう言った途端に、銀鎧の足元と背中からジェットのようなものがほとばしった。

同時にその身体《からだ》が俺の方にすっ飛んできて、強烈な前蹴りを放った。

俺は両腕を交差させてそれを受ける。

ワイルドボアキングの突進並みの威力だ。こっちの世界だと自動車にぶつかったくらいの衝撃か。

俺は少しだけ押されながらも踏みとどまり、銀鎧は反動を利用して元の位置まで飛びのいた。

『この星の人間なら今の蹴りで死んでいる。お前は違法強化処置を受けた『違法者《イリーガル・ワン》』で間違いない。大人しく法に従うか、それとも独立判事公務妨害の罪科を上乗せするか、好きな方を選べ。なお後者は極刑もありうる』

銀鎧のお嬢さんがとんでもないことを言い出す。

言葉の内容から察するに、この宇宙船に犯罪者が乗っていて、俺がその犯罪者に間違われているということのようだ。

完全な冤罪《えんざい》なんだが、こちらにはそれを証明する手立てがない。俺が一般の人間から逸脱しているのは事実だし。

だからといって言うことに従ういわれもないだろう。そもそも『銀河連邦』とか聞いたこともないからな。

「悪いがどちらもお断りだ。俺は地球人だし、『銀河連邦』なんてものに所属した覚えはない。所属してない人間にまで力を執行できるのか、『独立判事』というのは？」

『そちらの意志は確認した。独立判事法五条により強制執行を開始する』

言うやいなやいきなり銃を連射してくる銀鎧のお嬢さん。

ちょっと、容赦とか一切ないの!?

俺は『身体超強化』『高速移動』『行動予測』スキルを発動してすべての光線をかわす。

向こうから見れば俺が先読みして避けているように見えるはずだ。

「よ……っ！」

俺は『空間魔法』からミスリル製の長棍《ちょうこん》を取り出して銀鎧に接近する。

向こうも銃をしまい、反対の腰にさげていた剣を引き抜いた。ＳＦっぽいのに剣も持ってるんだよな。

接近戦で先制したのは得物のリーチが長い俺の方だ。先端を円を描くように動かしながら連続で突きを放つ。

銀鎧はそれを剣でうまくさばき……いや、さばこうとして体勢を崩す。悪いが俺の攻撃は片手剣でさばけるほど軽くはない。

俺は棍を半回転させ、突いたのとは逆側で銀鎧の胴に打撃を加える。

剣で防いではいたが威力を殺すには至らず、銀鎧は河原の上に吹き飛んだ。

しかし地面に激突する一瞬前にジェットを噴射し空中に飛び上がる。大した反応速度だ。

俺は『風魔法』で身体を吹き上げて空中の銀鎧に迫ると、棍を大上段から振り下ろす。

オーガの頭を兜《かぶと》ごと粉砕する一撃を肩口に受け、銀鎧は一直線に地面に叩《たた》きつけられた。

銀鎧はそれでも立ち上がろうとしたが、俺は得物を長棍から魔剣『ディアブラ』に持ち替え、その刃を銀鎧の首にあてがった。

「話を聞け。俺はお前が考えているような者ではない。お前と敵対するつもりもない」

『……それを信じろと？』

「俺が手を抜かなければお前の首はすでに飛んでいる。それが理解できないほど鈍い生徒ではないはずだろ、新良《にいら》は」

『……っ!?』

俺の言葉に、銀鎧がビクッと反応した。

まあさすがにこれは気付かないとね。今までの流れもあるけど、銀鎧のお嬢さんの体技が新良のものと同じなんてのは勇者の目にかかれば一目瞭然だし。

銀鎧……新良は諦めたのかヘルメットを取った。取ったというよりシュウンッと音がして消えた。なにそれSFっぽい、いやSFか。

「なぜわかったんですか?」

ショートボブの美少女が眼力《めぢから》強めに見上げてくる。

「身体のさばき方が同じだったからな。それより俺が敵じゃないと認めて欲しいんだが。そうだな……独立判事の名にかけて、って感じで」

新良は少しだけ目を見開くと、渋々といった感じで宣言した。

「相羽《あいば》先生を私の敵でないと認めます。これは銀河連邦独立判事の公的発言として記録します」

俺が首筋から『ディアブラ』をどけてやると、新良は立ち上がろうとして、そこで少しよろめいた。

俺は支えてやり、『回復』の魔法をかけてやる。勇者パーティの大僧正ほどじゃないが

結構強力な回復魔法も使えたりする。

「受けたダメージが消えていく……？　スーツのリカバリシステムより強力な再生力……今のも先生がなにかをしたんですか？」

「回復魔法ってやつだ。俺が与えたダメージだからな。これで文句は言いっこなしだ」

まあ鎧……パワードスーツは直せないけどな。そこは謎SF装置でなんとかして欲しい。

「魔法？　なにを言っているのか理解できないのですが」

「あ～、まあそれは後にして、まずは新良の方の話を聞かせて欲しい。新良は『銀河連邦』とかいうところから派遣された判事……裁判官ということでいいのか？」

新良は一瞬だけなにか言いたそうな顔をしたが、息を軽く吐き出してから俺の問いに答えた。

「正確には警察官兼検察官兼裁判官兼刑務官ですね。犯罪に関わることすべてを任されています」

「ああ、昔そんなキャラクターが映画でいたな……。『銀河連邦』ってのはやっぱりあれか、色んな宇宙人が集まって作った組織みたいな感じか？」

「だいたいそのような感じです」

今までのやりとりで多少は予想していたが、まんまSF世界の話である。常識的な地球人としては、はいそうですかと受け入れられるものではない……のだが、元異世界勇者としては驚くべきものではない気もする。

なにしろ新良が身に着けているパワードスーツも犯罪者が乗ってきた宇宙船も、一応は地球の科学技術の延長にありそうなものなのだ。そういう意味では俺が使う魔法の方がよほどおかしい。

「ちなみに地球は所属していません。あくまで観察対象地域という扱いです」

「なんだ、国民に秘密で加盟してるとかそういうんじゃないのか」

「ええ、政治的レベルでの接触は一切ありません」

新良の言い方だと、非公式に一部権力者と接触してるとかそんな可能性はありそうだな。まあ俺には関係ないか。

「それで、新良はなんでその観察対象地域にやってきたんだ？」

「連邦内の一部犯罪者や違法な組織が観察対象地域に干渉することを監視し防ぐためです。独立判事はそのための権限を与えられています」

「なるほど。そうするとやっぱり俺は犯罪者と間違われたってことか。それはヒドくないか？」

「先生には怪しい点がいくつもありましたので。そしてこのクルーザーと関係があるという時点で、『違法者《イリーガル・ワン》』だと判断しました」

悪びれずに言うのはどうかと思うが、司法関係者ってのはそういう態度を常に取っていないとマズい部分があるんだろう。

「それで、先生は結局なんなのですか？　絶対にこの星の人間ではありませんよね。しかし使っている技術は銀河連邦でも見たことがない系統ばかりですが」

「あ～それなあ……」

青奥寺《あおうじ》たちから聞いてはいないのだろうか？　彼女たちも一応そのあたりは約束を守ってくれたのかもしれないな。

「信じてもらえないだろうが、俺はちょっと前まで異世界に行ってて、そこで勇者をやってたんだよ。だからメチャクチャ強いし魔法も使えるんだ」

「確かに信じられませんね」

即答ですか。一瞬くらい間を空けてもよくないですかね。

「話の信憑性《しんぴょうせい》でいったら新良が宇宙人ってことと同じくらいのレベルだと思うけど」

「は？」

ちょっ、光のない目の圧が激強なんですけど。そんな怒るとこ!?

「まあいいです。先生については『正体不明者《アンノウン》』ということで処理します。しかし先生が関係ないとなると、このクルーザーで上陸した『違法者《イリーガル・ワン》』がどこか別にいるということになりますね。追跡しなくてはなりません」

「『違法者《イリーガル・ワン》』ってのはそんなに危険なのか？」

「『違法者《イリーガル・ワン》』は地球人よりはるかに高い能力を持ちます。その上短絡的な者が多いですから、何をするかはわかりません。早急に探す必要があります」

「なるほど。じゃあこっちだ。行こうか」

「はい、え……？」

俺はさきほど見つけていた、何者かが山に入って行った跡が残る場所に向かう。

不審そうな顔をしながらも、新良は後をついてくる。

「その『違法者《イリーガル・ワン》』とやらはここから山に入ってる。跡を追いかけて行けばどこに行ったかある程度わかるだろう」

「先生はトレーサーを持っているのですか？」

「なんだトレーサーって？」

「目標を追跡するための探知システムです。微細な痕跡を感知して行動ルートを特定するものですね」

「ああ、そんなものまであるのか。俺のはただ経験によって見分けてるだけだよ。おっとそういえばクルーザーはあのままでいいのか？」

「さすがにあれはラムダ転送の容量を超えているので置いておくしかありません。光学迷彩を切ったのはミスでした」

新良は少しだけバツの悪そうな顔をする。

いくら山奥とはいえ、上空から見とがめられないとは限らない。宇宙船なんて見つかったらそれこそ一大事だ。

「じゃあ俺がいったん預かっておくか。言えば渡すから罰するのはなしで頼むよ」

俺は『空間魔法』を発動。クルーザーの上に巨大な黒い穴が開き、それが下に下りて行ってクルーザーを丸ごと飲み込む。

『空間魔法』は俺が使える魔法の中でも特に便利な魔法だ。長い勇者生活の中でどれだけの戦利品を異空間倉庫に入れたのか、自分でも把握できなくなって久しい。

クルーザーを収納し、出発を促そうと新良を見る。

普段表情をほとんど動かさないクール系（？）少女が、珍しく目を丸くして驚きの表情を見せていた。

「どうした？」

「どうした……と言われても。今のは一体なんですか？　ラムダ転送の限界をはるかに超えているのですが」

「あれは『空間魔法』って言ってね、別の空間にモノをぽいっと放り込んでるだけだよ。自由に出し入れできるから大丈夫」

「……先生、物理法則を無視した力は使わないでもらえませんか」

いやそれは新良も大概無視してるよね。

「ラムダ転送」とか言ってるけど、名前がそれっぽいだけでやってることは魔法と同じ……って言ったら多分また睨《にら》まれるだろうから俺は口にしないけどね。

勇者って学ばないと生きていけない仕事だったし。

さてそんなわけで『違法者《イリーガル・ワン》』の跡を追って山の中を歩くこと約一時間、ふもとの住宅街に出た。

　森の中では痕跡を辿《たど》るのは容易（あくまで俺にとってはだが）であったが、市街地になるとそうはいかない。アスファルトもコンクリートも足跡を残すことを許さないからだ。

「ここに出たのは間違いないんですか？」

「ああ、それは信じてくれ。ただここからは追跡するのはちょっと無理だな。聞き込みでもするか？」

「いえ、この辺りの家は監視カメラを設置しているところが多そうですから、その映像を入手して追いましょう」

　ちなみに新良はすでに銀鎧《ぎんよろい》（アームドスーツと言うらしい）は転送して解除している。かわりに制服のブレザー姿なんだが、これ下手すると俺が職務質問されかねないんだよなあ。

　と俺がちょっと不安になっている間に、新良はリストバンドのようなものを操作して空中に画像を出した。

　そこに映っているのは確かに家の玄関などに設置されたカメラの映像のようだ。もしかして各カメラにハッキングして映像を解析してるとかそんな感じなんだろうか。メチャクチャすごいな銀河連邦。

　見ていると、いくつかの画像に共通の人物が映っているのが確認できた。猫背の大男のように見えるが、帽子を目深にかぶっていて顔がよく見えない。

ただその姿にはどことなく異物感がある。『あの世界』にいた『シェイプシフター』というモンスターが人に化けるとちょうどこんな感じだった。

「これですね。あちらに向かったようです。行きましょう」

今度は新良《にいら》を先頭にして歩いて行く。

しばらく追跡を続けていくと、住宅街から商店街に入って行った。二、三階建ての建物が並ぶ、いかにもな地方の商店街だ。

「『違法者《イリーガル・ワン》』ってのは他の星に行くとどんな行動を取ることが多いんだ？」

「それは星の文明レベルにもよりますね。地球の場合はすでに社会制度が整っていますから、普通ならその社会に溶け込もうとするはずです」

「さすがにいきなり暴れたりはしないか」

「短絡的な人間ならあり得ます。彼らは犯罪者ですから、短絡的な者である可能性は当然高くなります」

「ああ、そりゃそうだよなあ」

とか話していたら、離れたところで自動車のクラクションの音がけたたましく鳴り響いた。しかも複数だ。

続いて自動車同士が衝突するような音が連続で聞こえてくる。映画のカーチェイスシーンの効果音みたいだ……となれば、だいたい何が起こったのかは察しがつく。

「あれはちょっと短絡的すぎないか？」

「そうですね、すみやかに確保しないと危険かもしれません」

新良が走り出す。

追いかけていた犯罪者エイリアンが暴れて死人が出たなんてことになると俺としてもちょっといたたまれないな。ここは急ぐか。

俺は走る新良を後ろから無理矢理お姫様抱っこすると、『光学迷彩』スキルを発動、さらに『風魔法』を使って空中に飛び上がる。

「先生っ、いきなり何をっ！」

「舌噛《か》むからちょっと我慢してろ」

『風魔法』を連続で発動し、空中をステップするように飛んでいく。

じきに商店街の通りを蛇行しながら飛ばしていく一台のSUVが見つかった。

周りの車にクラクションを鳴らされつつ、さらには対向車と軽く接触しつつ爆走する様子はやはり映画のワンシーンのようだ。

俺はそのSUVの上まで飛んでいき、ボンネットの中に鎮座しているであろうエンジンに『拘束』魔法を行使する。

いきなりエンジンを固めると車体が予測不可能な動きをするので、徐々に『拘束』を強めてやると、SUVは二百メートルほど走ったところで停止した。

運転席側のドアが内側から弾《はじ》け飛び、中から猫背の大男が降りてくる。それは監視カメラに映っていた奴《やつ》に違いなかった。

問題はそいつが手に何か怪しげな道具を持っていることだ。見た感じ『クリムゾントワイライト』の兵士が持っていたマシンガンを少し長くしたような形状をしている。ということはやっぱり武器なんだろうなあ。

「携帯ラムダキャノン……!? なぜ対拠点兵器を犯罪者が!?」

えらく物騒な単語を新良が口にする。

それが聞こえたわけでもないだろうが、猫背の男はその銃――『携帯ラムダキャノン』とやらを構えた。え、こいつ何考えてんだ？ ただの無差別殺人犯とかそんな奴なのか？

「止めないと危険です！」

「わかってる」

俺は猫背の男に『拘束』魔法を行使。だが効きが悪い。

『拘束』は生命力や魔力が強すぎると抵抗されるのだが……それでも勇者の『拘束』を弾くにはドラゴン並の力が必要なはずだ。

ともかくも『拘束』対象を武器に変更。

猫背の男は引き金を引こうとしたようだが、ロックされていることに気付いて銃を調べ始めた。

その隙に男の側に着地する。周囲の人々は男が銃を構えた時点でほとんど逃げている。

「どうする、ここで戦ったら目立つぞ？」

「問題ありません。フォルトゥナ、ラムダ空間封鎖」

新良はリストバンドを口に近づけ、誰かに何かを命じた。

一瞬の浮遊感。

そして気が付くと、周囲の景色が一変していた。

「は？　なんだここ」

間抜けな声が漏れてしまったが、これは仕方ない。何しろいきなり妙な空間に飛ばされた、いや、新良の言葉から考えると閉じ込められたのか。まあとにかくおかしな場所に連れてこられたのだ。

立っている地面こそさっきまでいたアスファルトの道路だが、周囲を見回すとそのアスファルトの地面が見渡す限り地平線まで続いている。

建物は一切が消え、かわりに異様な空が……いろんな色の絵具を水面にぶちまけて軽く混ぜたような、マーブル模様の空が頭上を覆っていた。

そしてその奇妙な世界の中に、俺と新良、そして猫背の大男だけが立っている。

「説明は後にします。まずは『違法者《イリーガル・ワン》』を確保しなくては」

新良はいつの間にか銀鎧の姿になっていた。ただ俺が破壊した部分はそのままなんだが

……大丈夫だろうか？

彼女は猫背の男の前に進み出ると、山で俺に対してしたのと同じようなアクションを行った。

猫背の男はじっと聞いていたが、甲高い声で急にケタケタと笑い出した。

「マサカコンナ僻地《へきち》ニマデ独立判事ガ出張ッテイルトハ驚イタ。ダガ隔離空間ナラ、オマエヲ殺シテモ足ハツカナイダロ。マダ暴レタリナイ、邪魔ヲスルナラ消スマデダ」

『そちらの意志は確認した。独立判事法五条により強制執行を開始する』

「ケエッ、ソンナチンケナあーむどすーつデ俺ガ殺セルカヨ！」

あらら、やっぱりそうなるのね。

見ると猫背の男は銃とコートと帽子を捨ててその正体をあらわにした。

四肢の筋肉が異様に発達したトカゲ人間《リザードマン》……とでも言えばいいのだろうか。頭がトカゲっぽく、尻尾の生えたマッチョな二足歩行の生物がそこにいた。

もっとも『あの世界』にはトカゲ人間《リザードマン》が大勢いたので俺としては驚くほどではない。

俺が見てる間に二人の間で格闘戦が始まった。新良が銃を抜く前にトカゲ人間《リザードマン》が距離を一瞬で詰めたのだ。

新良はいつもの『真ギンガ流』……『真銀河流』か……の技を駆使しての戦いである。

『アームドスーツ』で威力が増幅された突きや蹴りを、トカゲ人間《リザードマン》は生身で受け止めている。アレを正面から受け止めるのはマッチョなだけでは不可能だ。

そういえば新良は「違法強化処置を受けた『違法者《イリーガル・ワン》』」と言っていたな。とすればあのトカゲ人間《リザードマン》は、マンガとかによく出てくる強化人間とかそんな奴なのか？

「ケエェッ！」

「くっ！」

トカゲ人間《リザードマン》の回し蹴りを新良が受け止める。が、体勢を崩したのはアームドスーツが十全に稼働していないからか。

どうも俺とやったときに比べて新良の動きに精彩がない。彼女の体調は俺の回復魔法で整っているはずなので、理由があるとすればスーツの方だろう。

「コレガ独立判事ダッテ？　弱イネェッ！」

トカゲ人間《リザードマン》の嵐のようなラッシュ攻撃に新良は防戦一方になる。

何発かはガードをくぐりぬけて身体《からだ》にヒットしてるようだ。これはちょっとマズいな。

新良が腕と足からジェットを吹かして距離を取ろうとする。銃による攻撃を行おうというのだろうが……。

「死ネェッ!!」

トカゲ人間《リザードマン》が『高速移動』スキルにも似た動きで新良に迫る。身体の後ろにまで引いた右腕には、とてつもない破壊力が込められているのが俺には感知できた。

「グベェッ!?」

瞬間、俺の右拳がトカゲ人間《リザードマン》の頬にクリーンヒットしていた。

きりもみ状態になって吹き飛んでいくマッチョトカゲは、アスファルトに叩《たた》きつけられて二度三度バウンドする。

不意打ちで悪いが、新良は一応ウチの生徒だからなあ。

「新良、今だ」

新良は素早く銃を構えると、よろけながら立ち上がったトカゲ人間《リザードマン》に光線を連射した。

「ギャアァァ……ッ！」

うわ、容赦ねえ。と思ったが、どうやら撃ちぬいたのは四肢だけのようだ。

新良は虫の息のトカゲ人間《リザードマン》に近づいて拘束具のようなものをつける。

「フォルトゥナ、被疑者をラムダ転送。スーツ解除。空間封鎖を解除」

新良がまた誰かに指示をするとトカゲ人間《リザードマン》がシュンッと消え、周囲の景色が商店街の路上に戻った。

周囲は交通事故現場のままだった。緊急車両のサイレンの音が近づいてくる。

俺は素早く新良のそばにいって『光学迷彩』スキルを発動。そのままこっそりと現場を離れた。

「え？……あ、はい」

「解除するならひとこと言ってくれ」

「すみません。それとありがとうございます。助かりました」

「どういたしまして。というか俺が手を出してよかったのか？　その、銀河連邦の規則的に」

「独立判事には現地の人間に協力を要請する権限が認められています。しかし先生は……やはり何者なんですか？　生身で空を飛び、姿を隠し、さらには一撃で『違法者《イリーガル・ワン》』を吹き飛ばせるなど異常としか言いようがないのですが」

「いやそれはさっき言った通り、異世界で勇者をやっていたからなんだよ。それ以外に答えようがない」

新良は俺のことを光のない目でしばらく見たあと、首を小さく横に振った。

「わかりました。ただ念のため先生の身体を調べさせてください」

「は？　いやまあ、それで疑いが晴れるなら構わないが……。ところでさっきの奴はどうなるんだ？」

「送還ポッドで回収地点まで射出します。あとは連邦の判事が取り調べをするでしょう」

「送還ポッド」とか言われてもよくわからないが、犯罪者を送り返して裁判を受けさせる、みたいな感じだろうか。

まあこれ以上詳しく聞いても俺としては意味がないからやめとこう。余計なことを言って新良に睨《にら》まれるのもつまらないしな。

しかしとりあえず今回の件はこれで解決っぽいけど、結果として俺の悩みがまた増えたんだよな。

謎の怪物と戦う生徒と、謎の国際犯罪組織と戦う生徒と、宇宙犯罪者と戦う生徒。そんな子たちを預かってるって明蘭《めいらん》学園おかしくない？

というかおかしいのはこっちの世界か。一般人が何も知らない裏でこんな戦いが日夜行われてるとか、できれば知りたくなかったというのが正直なところだ。

まあでも、それを知ったから彼女たちを助けることもできるのか。それを思えば仕方ないと感じるほどには俺も教師らしくなっている気はするな。

でも普通の教師なら、化物と戦ったり宇宙人を殴ったりする必要はないんだけどなあ。

──とあるの生徒たちのSNS

みそ「で、結局リリは先生の正体はつかめたの？」
リリ「依然として不明。私は『正体不明者《アンノウン》』として扱うことにした」
加賀「え～、リリの科学力でもわからないの？　やっぱり勇者っていうのが本当なのかなあ？」
みそ「そんなはずないでしょう。あれはふざけた形ではぐらかしてるだけだと思う」
加賀「自分は勇者だ、って自分自身に暗示をかけることで正体を隠す、みたいなテクニックかな」
リリ「少なくとも先生は自分が嘘《うそ》をついているという自覚はなさそう。加賀の言う通りかもしれない」
みそ「でも正体はともかく、どの程度の力を持ってるかは見極めないと。師匠も乙を一撃で倒せる人間なんて聞いたことがないって言ってるし」
加賀「CTエージェントを行動不能にしたり、壁に穴開けたり、ちょっと謎の技術を持ってるんだよね～」
リリ「スーツと互角以上に戦える人間は、『違法者《イリーガル・ワン》』以外はありえない。でも調べさせてもらったけど強化処置の跡はなかった」

加賀「えっ!? 先生の身体を調べたの？」
リリ「スキャンさせてもらったけど、完全に普通の人間の身体だった。でも筋肉は異様に発達してた」
みそ「筋肉って服脱いでもらったってこと？　先生の裸を見たの？」
リリ「そう。あれは相当な実戦を経験していないと作れない身体だと思う」
加賀「写真！　写真は撮ってないの!?」
みそ「落ち着いて。リリ、情報の共有は必要だと思う。もし写真があるなら見せて欲しいのだけど」
リリ「さすがに写真は許可されなかった。でも多分言えば見せてくれると思う」
加賀「じゃあ今度お願いしてみようかな」
みそ「さすがにそれはダメでしょ。というか普通に見せてくれないと思うけど」
加賀「不公平だって言えばいけないかな。みそも見たいでしょ？」
みそ「いえ別に私は見たくないけど」
リリ「さっき見せて欲しいって言った」
みそ「それは情報共有の必要性があったからで、私が見たいわけじゃないから」
加賀「ふ～ん。じゃあ私一人で先生の家行って見せてって頼んでみよ」
みそ「そんなことしたら最悪先生が条例違反で捕まるから」
加賀「あ、この間行った時に先生が焦ってたのはそれか。なにもしなくても捕まっちゃう

　んだよね」
リリ「加賀は先生の家に行ったの？　内部はどんな感じだった？」
みそ「そういう問題じゃないでしょ。加賀、その話詳しく聞かせてもらえる？」
みそ「そもそも先生の家に行くのは失礼でしょう」
みそ「先生にもプライバシーがあるんだし」
みそ「もし何かあったらどうするつもりだったの？」
みそ「加賀は可愛《かわい》いんだから少しは警戒心を持たないとダメ」
みそ「わかった？　わかったら詳細を早く」
加賀「わ〜、みそ止まって、ストップストップ！」

二章　初めての家庭訪問

「先生さようなら」

「さようなら、気をつけて帰ってくれ」

俺は女子生徒に挨拶を返しながら、ほとんどの生徒がいなくなった放課後の教室を見返した。

ここ明蘭学園では『帰りのホームルーム』なるものが存在した。

自分が通っていた高校は最後の授業が終わるとそのまま解散だったので違和感があったのだが、他の先生に話を聞くとどの学校でも普通はやるものらしい。

女子校は特に帰り際の声掛けも大切だそうで、担任って大変なんだと気付いた次第である。

自分の恩師を思い出すと楽そうだったんだが。

教卓を前にしてちょっとだけ思い出に浸っていると、目つきの悪い黒髪美少女が俺の前にやってきた。

人知れず闇の獣と戦う系女子の青奥寺《あおうじ》美園《みその》である。

「先生、お話があります」

「わかった。職員室の方がいいか？」

「できれば他の先生がいらっしゃらない方がいいです」

「じゃあ相談室にしようか。ついてきてくれ」

『生活相談室』は職員室の隣にある小部屋である。

『相談室』なんてのはたいてい悪いことをやった奴《やつ》が説教される場所と相場は決まっているのだが、明蘭学園ではそんな生徒がほぼいないため本来の用途で使われることが多いようだ。

男の俺には理解できない領域の話だが、女子は生活に関する相談がかなり多いらしい。

相談室は机が一つと椅子が二つ、そして書類が並んだキャビネットがあるだけの簡素な部屋だった。

青奥寺を座らせ俺も椅子に座る。

「それで話というのは？」

「はい。実は先生のあの力のことなんですが、実は両親と私の師には話をしまして……」

申し訳なさそうな顔をするのは、お互いのことは口にしないと約束をしたからだろう。

まあでも青奥寺が家族などに話をするのは想定内だ。

「家族に相談するのは当たり前だからいいよ。それでご両親はなんて？」

「一度家に来てもらいなさいと言われました」

「へ……？」

おっとそれは想定外だ。だけどまあ、よく考えたら俺が何者なのか家族として知りたいのは当然かもしれないな。娘の担任だし。

「ご迷惑だとは思うのですが、どうしてもと……。学校では話せないこともあるだろうから、是非家でと言っておりまして」

「あ～、まあそうかもしれないな」

「あの、これを」

青奥寺が渡してきたのは封書だった。中を見ると、今青奥寺が言っていたことがそのまま達筆な文字で書かれている。もちろん差出人は青奥寺の親御さんである。

「……了解した。多分家庭訪問っていう形になるんだと思うけど、ちょっと確認はとらせてほしい。可能なら明日日時を知らせるよ」

「はい。よろしくお願いします。その、もしかしたら、話によっては先生に色々お願いをすることがあるかもしれません」

「教員として対応できることならもちろんやるけど？」

「いえ、多分先生のあの力をお借りしたいとか、そういう方向で……」

「ああ……それは話次第かな」

保護者からの手紙が来たとなれば、特に理由がない限りとりあえず家庭訪問はせざるをえないだろう。

人の世の裏で戦う家系・青奥寺家。そこでどんな話が出るのか……正直ちょっとだけ面白そうとか思っている自分がいるのも確かだった。

◆

山城《やましろ》先生に確認を取ると「お手紙が来ちゃったら対応してもらうしかないわね」ということだったので、翌々日の放課後、青奥寺の家を訪問した。

一度青奥寺をストーカ……後をつけた時に家は見ていたが、改めて訪れると青奥寺の家は大変立派な日本式のお屋敷であった。和風の庭も手入れが行き届いており、いかにも由緒正しい家系のお家《うち》という雰囲気である。『あの世界』で王城や貴族の屋敷を経験していなかったら、俺は家の門の前で途方に暮れていたかもしれない。

玄関であいさつをすると、青奥寺とそのご両親が迎えてくれた。

ガッツリと和室な応接間に案内され、そこで三人と対面する。

「いや、本当に急にお呼びして申し訳ありません。改めて、私は青奥寺健吾《けんご》と申しまして、美園の父になります。本来なら私たちが学校へ赴くべきなのですが、色々と事情がありまして」

と慇懃《いんぎん》に頭を下げたのは青奥寺の御尊父。

スラッとした美中年と言えばいいのだろうか、明るい色のカジュアルフォーマルを着こなす様はちょっとした俳優のようだ。ただ、その眼光は非常に鋭い……というか目つきがめちゃくちゃ悪い。言うまでもなく青奥寺の目は父親譲りだろう。

「娘が本当にお世話になったようで、私も夫も大変感謝をしております。申し遅れましたが青奥寺美花《みか》と申します。美園の母です」

一方の御母堂は優しそうな女性だ。見た感じ、目つきを除いて青奥寺をそのまま年上にした感じの美人である。ただその身のこなしは隙がなく、どうも青奥寺と同じように『裏で戦う系』の人のようだ。

「青奥寺さんのご事情は私も理解しておりますので、お気遣いなさらないでください。美園さんの件に関しては私自身もよく理解をしていない部分がありますので、お聞きできたらと思っております」

「そうですね。当然そちらのお話もさせていただくつもりです。しかし何からお話ししたものか……」

と父・健吾氏が母・美花氏をちらりと見る。雰囲気的に主導権は美花氏にある感じだな。

と考えていると、やはり美花氏が話を始めた。

「そうですね、まずはこちらのお話をさせていただきましょう。美園も話をしたようですが、私たち青奥寺家は昔から『深淵獣《しんえんじゅう》』という化物を退治してきた家なのです。このことは国の方でも認知されていまして、色々と特別な扱いを受けてもいます。明蘭《めいらん》学園に入学したのもそれがあってのことです」

「なるほど……」

「私たちが退治をしている『深淵獣』というのは、先生も御覧になったと思いますが、普通の生き物とは全く違った存在で、昔から人間をとって食らう化物ということだけがわかっています」

「なぜそれが一般的に知られていないのでしょう？」

「それにはいくつか理由があるのですが、残念ながらお教えすることはできません。ただ、昔から秘匿すべきものだと強く教えられてきたという部分もあります」

「わかりました。では、その『深淵獣』が落とす玉のようなものはなんなのでしょう？美園さんはあれを回収していたようですが」

「あれは『深淵の雫《しずく》』と言いまして……実はさきほどのお教えできない理由に関わるものなのです」

「何らかの用途に使われる、ということですね。もし私があれを手に入れたら、青奥寺さんにお預けした方がよろしいのでしょうか？」

そう言うと、美花氏は健吾氏をちらりと見てから答えた。

「できればそうしていただけると助かります。もちろんお礼は差し上げますので。できれば先日退治をした乙型のものもいただけるとありがたいのですが……」

「ああ……」

そういえばあの巨大カマキリを倒した時の『深淵の雫』は『空間魔法』に放り込んだままだったな。

俺は『空間魔法』を発動して、目の前に現れた穴に手をつっこんでソフトボール大の『深淵の雫』を取り出す。

それを見ていた青奥寺一家は三人揃《そろ》って目を丸くした。

「どうぞ、こちらです」

『深淵の雫』をテーブルに置く。

美花氏はそれでもしばらく固まっていたが、急にはっと我に返るとその黒い珠《たま》を手に取った。

「確かにこれは乙の雫……美園が言っていたことは本当だったのですね。それと今のは……？」

「今のは『空間魔法』といって、まあ便利な物置みたいなものです。美園さんにも伝えましたが、これでも勇者だったもので」

すでに『勇者』だとは伝わっているはずだし、いちいち隠すのもめんどくさい。向こうも事情持ちだし俺のことをペラペラしゃべることはないだろう。

「……わかりました、秘密ということですね」

いやだから正直に言ってるんだけどなあ。

「ところでやはりあの乙型とかいう『深淵獣』は珍しいのでしょうか？」

「ええ、そうそう出現するものではありません。出現した時には複数で当たるのが必須の強敵ですので、先生が倒してくれなければ美園は危なかったでしょう」

おっと、「複数」ということは、青奥寺以外にも何人か戦う人間がいるということだな。確かに『師匠』なる人物がいることは判明しているし、目の前の美花氏も戦えるようだ。

しかも言葉の感じだと、別に何人かいる雰囲気だ。青奥寺も分家があるというようなことを匂わせていたしな。

「ところで、先生は乙型を全く苦にせず倒したと聞いております。実際のところ、先生にとって乙型はどの程度の相手だったのでしょうか？」

「かなり強いモンスター……ああ、自分はあの手の怪物はモンスター呼びしてまして……かなり強いモンスターだと思いました。ただ打たれ弱いですね。物理的な攻撃力はありそうですが、それだけです」

「それだけ……。その、先生には相手にもならないと？」

「ええ、あの程度なら正直百体いても問題にはなりません。というか、なぜわざわざ美園さんは刀で戦っているんでしょう？　国が認めているなら銃を使うとかはないんですか？」

その質問に答えたのは青奥寺だった。

「『深淵獣』には銃とかはほとんど効かないんです。戦車の大砲くらいなら効くだろうとは言われていますが……。私が使っている『覇鐘《はがね》』とか、特別な武器じゃないと有効な攻撃にならないんです」

「へえ」

なるほど、それなら納得はできるが、逆にじゃあなんで銃は効かないんだって話になるな。まあそこまで興味はないけど。

俺が気のない返事をすると、美花氏が言葉を継いだ。

「実はそこもお聞きしたいのです。先生は剣をお使いになっていると聞きましたが、どのような剣なのでしょう」

「ああ、それは御覧になった方が早いでしょう」

俺は『空間魔法』の穴からミスリルの剣を取り出す。面倒だから常に抜き身でいれてあるのだが、そのまま出したらちょっと警戒されてしまった。

剣をテーブルに置くと、美花氏はそれを手に取り眺め始めた。青奥寺《あおうじ》も興味津々に見ているが、それより健吾氏の反応がかなり大きく、目を見開いてすごく触りたそうにしている。

ああわかります。いかにもファンタジーな剣ですからね、男なら触りたくなりますよね。

「これがすばらしい名剣だというのは西洋の剣をよく知らない私でもわかります。しかしこれ自体には『深淵獣』を倒せる力を感じないのですが……」

美花氏が剣を置くと、健吾氏が待ってましたとばかりに手に取った。なんかすごく嬉《うれ》しそうで、こっちも嬉しくなってしまう。

「う～ん、それは自分にもわかりませんね。これで普通に斬れましたので」

そういえば青奥寺の刀『覇鐘《はがね》』は魔力をまとっていたな。とすれば魔力がポイントなのかもしれないな。それなら……

「ではこちらではどうでしょう」

俺は『空間魔法』から別の剣を取り出した。『聖剣カラドボルグ』と俺が勝手に名付けた、どこかのダンジョンボスが落とした、魔力が付与された結構いい剣である。

「これは……これなら確かに『深淵獣』を斬ることができるでしょう。それだけでなく、これほど強い力を感じる剣は見たことがありません」

そうでしょうそうでしょう。『あの世界』でもかなり強力な武器でしたからね。まあ俺のコレクションの中では下位になっちゃいますけど。

ひとしきり『カラドボルグ』を調べていた美花氏はそっと剣をテーブルに置くと、そこでいきなり頭を下げた。合わせて健吾氏と青奥寺も頭を下げる。え、いったい何事？

「先生が強いお力を持つことはこれで理解いたしました。そこでお願いがあるのです。大変不躾《ぶしつけ》ではあると思いますが、聞いていただけないでしょうか？」

あ～、確かにお願いがあるかもとは聞いていたけど……さすがに生徒のご両親に頭を下げられるのは想定外すぎなんだよな。

◆

俺は今、隣県のとある廃工場跡地に来ていた。

隣には対深淵獣用の刀『覇鐘《はがね》』を携《たずさ》えた青奥寺がいる。

あの後家庭訪問をすぐに切り上げてここに来たわけだが、さすがに時間は午後八時近い。

「はぁ、ふぅ……ここです。この工場の内部が『深淵化』しているはずです。先生も感じますか?」

「ああ、魔力が渦を巻いてるね。それより大丈夫か?」

「はぁ、……はい、だいぶ落ち着きました」

急ぎだというので青奥寺を背負って『風魔法』連続跳躍で二十キロほど空の旅をしたのだが、青奥寺にはちょっと刺激が強かったようだ。多分絶叫マシーンとか弱いタイプだな。

背中から下ろした時は青い顔でぐったりしていたのだが、五分ほど休んで顔色も戻ってきた。

「しかし『深淵化』ね。まさかこっちの世界にもダンジョンが発生していたとは思わなかったな」

「ダンジョン……ですか?」

「そう。向こうの世界ではこういう場所があっちこっちにあってね。見つけたそばから攻略していったんだけどキリがなかったな」

魔王の力がなくなったからそれも減っただろうけど……と思い出に浸ってる場合じゃないな。

実は俺がここに来た理由は、昨日出現したこのダンジョン……こちらでは『深淵窟《しんえんくつ》』と呼ぶらしい……の調査を頼まれたからである。

より正確に言うと調査をするのは青奥寺で、俺はそのサポートを頼まれた形だ。

本来なら彼女の『師匠』とともにやる案件なのだが、その『師匠』が別の『深淵窟《しんえんくつ》』の調査で出払っていて青奥寺一人で向かわせる話になっていたらしい。

無論断ることもできたが、さすがに冒険者中の上レベルの青奥寺を一人でダンジョンアタックさせるわけにもいかず依頼を了承した。『勇者』としても戦う人間をフォローするのは嫌いではないし、教師としても教え子の身を案じるのは当たり前のことだろう。

報酬ももらえるらしいが、相場がわからないので何とも返事のしようがなかった。明蘭学園が副業可能ということはないだろうから、いざとなれば断ろう。

「……ふぅ、よし、大丈夫です。ではこれより『深淵窟《しんえんくつ》』に突入します。先生、よろしくお願いします」

「了解。サポートは任せてくれ」

回復して凜々《りり》しい表情が復活した青奥寺とともに、廃工場の中へと入っていった。

『ダンジョン』とはモンスターが徘徊《はいかい》する迷宮のことだが、『あの世界』では大きく二つの種類にわかれていた。

一つは太古の昔から存在する、常にその場所に存在する『定在型』のダンジョン。そしてもう一つが、何もない所に急に出現する『発生型』のダンジョンだ。

話を聞く限り『深淵窟《しんえんくつ》』というのは後者が主であり、今回突入するのもそのタイプだ。放っておくと『深淵《しんえん》獣』が溢《あふ》れるそうで、そのあたりも『あの世界』のダンジョンと同じらしい。

足を踏み入れた廃工場の中は明らかに構造が元の建物とは異なっていた。

壁や床は雰囲気的には工場っぽい見た目だが、幅三メートルほどの通路が奥まで続いているのみで、他は何もない。

しかも夜なのに……というか窓一つないのに通路はぼんやりと明るく、歩くのに何の支障もない。このあたりはいかにもダンジョンという感じである。

「では進みます。深淵獣が複数出現するので注意してください」

「了解」

そう言いつつ、俺は『空間魔法』からいつものミスリルの剣を取り出す。サポートが主だから魔法の用意もしておくか。

真っすぐの通路をしばらく進むと分岐が現れる。青奥寺はその場でスマホを確認しているが、画面をちらりと見るとマッピング機能があるアプリのようだ。こっちの世界のダンジョン攻略は先進的だな。

青奥寺は周囲を警戒しながら進んでいく。そういえば青奥寺はなんで学校のブレザー姿なんだろう。彼女なりの戦闘服なんだろうか？

とか考えていたら、少し離れたところに複数の魔力が集まるのが感知できた。エンカウントか、このあたりも同じだな。

「来ます！　丁型、数五！」

青奥寺が『覇鐘《はがね》』を構える。

その向こうに現れたのはずんぐりした芋虫みたいなモンスターだ。全長は一・五メートルほど、頭部に多数の触手がついてなかなかに気味が悪い。

あれ、そういえば『丁型』ってローパーもどきじゃなかったっけ？

「青奥寺、丁型って色んな種類がいるのか？」

「えっ？　はい、そうです。確認されてるだけで十二種類いますね」

なるほど、「甲乙丙丁」というのはランクをあらわしているだけなのか。勉強になったな。

深淵獣　丁型
頭部の触手によって生物を捕食する深淵獣
一定量を捕食すると羽化し、丙型に進化する

特性
打撃耐性　土耐性

スキル

一体当たり　触手刺突　触手拘束

『アナライズ』で見てもいかにもザコっぽい。

巨大芋虫がもぞもぞとこちらに動き始めた。ザコとはいえ五匹同時に突撃されるとちょっと面倒だな。

さて青奥寺はどうするのか……と思っていると、『高速移動』で先頭の芋虫に斬りつけて離脱、相手が触手を空振りしたところに再接近してとどめを刺した。

いつものヒットアンドアウェイだな。後退しながら一匹ずつさばいていけばそれで問題ないだろう。

青奥寺が二匹目を倒したところで残り三匹の芋虫たちが俺のところに突っ込んできた。

俺は『高速移動』でそいつらの間を抜けながら、すれ違いざまにすべて二枚おろしにする。

「すみません先生、お手を煩《わずら》わせました」

青奥寺が『覇鐘《はがね》』を納刀しながら済まなそうな顔をする。

「気にしなくていい。こっちはこっちで勝手にやるから、青奥寺は自分のペースを崩さないように」

「はい。しかし今の攻撃は……ほとんど見えませんでしたが、すれ違う時に一刀両断にしているんですよね？」

「そうだね。青奥寺は移動し終わった後に刀を振ってるけど、同時にできるようになると威力が増すから練習するといいよ。ただその分腕の力も必要だけど」

「勉強になります」

真面目な顔で答えるところはいかにも青奥寺っぽい。せっかくだから異世界勇者流の剣技を見せてやるのもいいのかもしれないな。

「先に進みましょう」

『深淵の雫《しずく》』を拾って、俺たちはさらに奥に向かって進み始めた。


いくつかの分岐を過ぎ、行き止まりに引き返しながらもダンジョンを進むこと三十分ほど。一回目のエンカウントのあと丁型がさらに二回出現したが、青奥寺はすべて危なげなく対応していた。

そして四回目のエンカウント。

「丙型、数三！」

前方にこの間の六本脚の獣型『深淵獣』が出現した。

ちょうどいい、青奥寺にこの手の獣系モンスターの倒し方を教えておくか。俺も教師だしな。

「青奥寺、ここは俺がやる。よく見ておいてくれ」

「はい、わかりました」

俺の意図を理解したのか、青奥寺《あおうじ》は下がって見学する態勢に入る。

さて、トラくらいの大きさの『丙型』だが、無造作に近づく俺を見て体勢を低くして戦闘態勢をとった。

まず先頭の一匹が飛び掛かってくる。

「よっ」

俺はギリギリまで引きつけ、『高速移動』すると同時にカウンター気味にそいつの頭を前足ごと斬り飛ばした。

着地した先で次の奴《やつ》が襲い掛かってくるが、同じく『高速移動』カウンター斬りで処理していく。三匹を倒すと、青奥寺が近づいてきた。

「丙をあのように倒すのは初めて見ました」

「普通はやらない攻撃方法かもしれないね。でもあれは動きの速いやつには有効なんだよ」

「はい。動きの速い敵を引きつけて斬る。しかも『疾歩《しっぽ》』の始まり際《ぎわ》に攻撃をして、回避を同時に行う。近づいて斬るという使い方とは逆の発想ですね」

『疾歩《しっぽ》』というのは『高速移動』のことだろう。ともあれ伝えたいことはキチンと伝わったようだ。

「そういうことだね。さて、先に行こうか」

「はい、こちらです」

う〜ん、なんか授業の時より教師っぽいな俺。まあこっちは年季が全く違うから仕方ないんだけど。

その後ダンジョンを徘徊すること一時間、丙型と丁型とエンカウントすること十回、行き止まりにぶち当たること三回で、ようやくダンジョンの最奥部らしき場所にたどり着いた。

ダンジョンのお約束で、目の前に大きな扉がある。ダンジョンの主であるボスモンスターがいる部屋、いわゆる『ボス部屋』の扉である。がこれをくぐればボス戦で、勝つまでは逃げられない……というのも同じということだ。

「この先には恐らく『乙型』がいます。先生の力をあてにしないと倒せないのですが、問題ないでしょうか？」

青奥寺がその扉の前で聞いてきたのは、俺が頼まれているのがあくまでサポートだからだろう。

「青奥寺だけじゃ手に余るようなら俺がやるよ。しかしもし俺がいなかったらどうするつもりだったんだ？」

「一旦外に出て、師匠が合流するまで待機になっていたと思います。出てくる深淵獣だけ倒していく形ですね」

「ああなるほど。わかった、サポートの件は了解だ。でも青奥寺も経験は積んだ方がいいんだろ？」

「そうですね。先生の方に余裕があるならお願いしたいです」

「オーケー、こっちは青奥寺に合わせるから自由にやっていいよ。危ないと判断したときに手を貸すようにする」

「わかりました。ありがとうございます。では行きます」

青奥寺は一礼すると、扉を開き中に入っていった。俺も後に続く。

そこは体育館ほどの広さの部屋だった。部屋というよりは工場に併設された倉庫の中、と言った方がしっくりくるかもしれない。

「来ます」

青奥寺の注意の言葉通り、部屋の中央に魔力が集まってくる。感じからして確かに『乙型』だろう。

問題は……

「まさか二体いる!?　しかも上位種まで!?」

ということだ。

見ている間に黒い霧のようなものが集まり、四本腕の巨大カマキリが二体出現した。

ただ片方は以前夜の公園で見たのと同じだが、片方はさらに全体的に棘《とげ》の多い凶悪な形になっている。

『アナライズ』で見ると確かに上位種のようだ。

「青奥寺、強そうな方は俺がやる。頑張れよ」

「わかりました、よろしくお願いします」

俺はとりあえず先行して上位種に軽く一撃与え、そいつの注意を引きつけた。

その間に青奥寺はもう一匹に『疾歩《しっぽ》』で接近、先制攻撃で腕を一本斬り落とし、交戦状態に入る。

「さて、上位種はどの程度なのかね」

俺が距離を詰めると、『乙型』は四本の長い鎌を振り回し始めた。

テクニックよりスピードとパワーで圧倒するタイプのようだ。単純だがそれだけに小細工が通じない厄介さはある。

俺は四方から襲ってくる巨大鎌を、ミスリルの剣ですべて弾《はじ》き返してやる。

なるほど並の前衛だとキツイな。防御力重視の重騎士でもすべてを受けていたら五分ももたないだろう。大抵は他の奴がその前に援護するが。

「ま、こんなもんか」

青奥寺にはまだ相手はさせられないな、と結論付け、『高速移動』スキルですれ違うと同時に首を落とす。

そいつは大きめの『深淵の雫』を残してダンジョンの床に溶けていった。

青奥寺の方に目を向けると、『乙型』の間合の外から隙をうかがう姿が見えた。

『乙型』の腕は三本のまま、ということは特に有効なダメージは与えられていないようだ。

まああの鎌はブレザー姿で受けたら一撃で致命傷になりかねないからな。慎重になるのは当然だろう。

『乙型』がガサガサと突進しながら鎌を振り下ろす。青奥寺はそれをバックステップでかわして反撃に移ろうとするが、別の鎌がそれを阻止する……というような動きが何度か繰り返される。

スピードもパワーも足りていない状態でモンスターと一対一でやり合うと必然的にこういう千日手になる。

もちろんこうなると人間側の体力が先に尽きてゲームオーバーだ。ゆえに複数で戦うことが大切になるし、青奥寺家も強敵相手には基本的にそういう方法を取っているようだ。

俺がここにいる理由の一つもそれである。

「青奥寺、隙を作ってやるから攻めろ！」

叫ぶと同時に俺は魔法『ロックボルト』を発動する。

岩の塊を飛ばして対象に打撃を与える魔法だが、勇者の俺が使えば攻城兵器……にするのは今はマズいので、『乙型』の腕一本を吹き飛ばすにとどめる。

シギャッ！

予想外の攻撃に『乙型』が一瞬こちらに頭を向ける。

無論その隙を逃す青奥寺ではなく、『疾歩《しっぽ》』ですれ違いざまに腕を一本落とした。

なんと移動と同時に斬る動きをすでにものにしたようだ。

相手の腕が一本となればさすがにバランスは青奥寺に傾く。青奥寺は『乙型』の周囲を目まぐるしく移動しながら脚や残りの腕にダメージを与えていき、遂《つい》に体勢を崩した『乙型』の首を斬り落とした。

「はぁ、はぁ……、ありがとうございました先生」

「よく戦ったな。すでに俺が見せた技ものにしはじめてるみたいだし大したもんだ」

と褒めると、青奥寺は少し表情を緩めたようだ。もしかしたら笑ったのかもしれない。

さて、ダンジョンボスも倒したし、この『深淵窟《しんえんくつ》』が『あの世界』のダンジョンと同じならこれで消えるはずだ。

……はずなのだが、一向にその気配がない。

「青奥寺、ボスを倒せばこのダンジョンは消えるんじゃないのか？」

「ええ、そのはずなんですが……おかしいですね」

青奥寺も戸惑っているようだ。

この手のイレギュラーは、ボスがまだ残っているか、ボス討伐以外にも他に条件が必要なのかどちらかだろう。

新たなボスが出てくる気配はないので、周囲を見渡してみる。

と、入ってきた扉とは正反対の壁に、奇妙な球体が埋まっているのに気付いた。

「これは『深淵《しんえん》の雫』……か？」

「そのようですね。この大きさだと『乙型』上位のものに見えますが、これが『深淵窟《しんえんくつ》』

の発生と関係があるのでしょうか？」

「う～ん、どうだろう」

雰囲気としては、『あの世界』の『迷宮核《ダンジョンコア》』、すなわちダンジョンを人為的に発生させる道具に近い。もしその直感が正しいならこの『深淵窟《しんえんくつ》』は誰かが発生させたということになるが……

深淵核
――複数の深淵の雫を融合させ、深淵の霊気を放出するよう加工したもの
含有する霊気量に応じた規模の深淵窟《しんえんくつ》を発生させる

『アナライズ』するとその通りの説明が出た。

勇者の勘から言うと、間違いなく面倒ごとが起きる前兆だなこれ。

「やっぱりこれが『深淵窟《しんえんくつ》』を発生させてるみたいだ」

「どうしてわかるんですか？」

「そういうスキル……勇者の能力があるんだよ。よし、取ってみよう」

俺はその『深淵核』を壁から抜きとって『空間魔法』に放り込んだ。これで『霊気』と

やらの放出は止まるはずだ。

　すると周囲の景色がすうっと透明になって消え、いかにも廃工場の中といった雰囲気の景色に変化した。『深淵窟《しんえんくつ》』が消滅して元の空間に戻ったようだ。

「元に戻りましたね。

「そうだな。こういうのは初めてか？」

「私は経験がありませんが、母なら知っているかもしれません」

「じゃあ戻って聞いてみるか。ちょっと嫌な感じだしな」

「……あの、もしかして帰りも空を？」

　そこで青奥寺はジトッとした目で俺を見上げた。やっぱり絶叫マシン弱いタイプなんだな。

「怖ければお姫様抱っこしてもいいけど？」

「背負う方でお願いします……」

　俺の冗談にも反応する気力がないようだ。

　廃工場から外に出ると、俺は青奥寺を背負いつつ『風魔法』を発動した。

　青奥寺の家に戻ったのは夜の十時を過ぎたあたりだった。

　家によってはもう寝る時間ではあるが、青奥寺家は十一時過ぎに就寝だそうなので、今回の報告がてら話を聞かせてもらうことにした。

俺が『深淵核』を取り出して見せると、青奥寺《あおうじ》父の健吾《けんご》氏はそれを興味深そうに眺め、母の美花《みか》氏は訳知り顔に眉をひそめた。

「これは間違いなく『深淵核』です。過去に何度か見たことがありますが、『深淵窟《しんえんくつ》』を発生させるものです。しかし……」

そこまで言って美花氏は言葉を飲み込んだ。その先は言いづらいということだろう。

「これは人為的に『深淵窟《しんえんくつ》』を発生させるものですね？」

時間も遅いので、俺は単刀直入に聞いた。美花氏がハッとした顔をし、その横で青奥寺がことの重大さに気付いて母親の横顔を見る。

「どうしてそのことを？」

「私はこれに似たものを知っているんです。『迷宮核《ダンジョンコア》』と呼んでいましたが、魔王の手下がダンジョンを発生させるのに使っていました。厄介な代物です」

「……先生は色々とお詳しいようですね。確かにこれは『深淵窟《しんえんくつ》』を人為的に発生させるものです」

「お母さん、それじゃあの『深淵窟《しんえんくつ》』は誰かがわざと作ったたってことなの？」

青奥寺が質問すると、健吾氏も「そうなのか？」と美花氏の顔を見る。

美花氏はふうと息を吐いてから口を開いた。

「そういうことになるでしょうね」

「そんなことする人がいるなんて……あ、もしかして九神《くかみ》の……」

「美園《みその》、それ以上は駄目」

青奥寺の言葉を美花氏が遮った。なるほど俺に知られるのはマズい話という感じかな。

青奥寺が言いかけた『九神』とやらは人の姓……家名だろう。この『深淵核』が『深淵の雫《しずく》』をベースに造られているところからして、その九神某《なにがし》は恐らく『深淵の雫』を扱う家といったところか。

まあ秘密にしていることをわざわざほじくり返すつもりはない。俺は聞かなかったふりをして話題を変えた。

「ところでこの『深淵核』はこのまま放っておくとまた『深淵窟《しんえんくつ》』を発生させてしまうようですが、どうしますか？」

「こちらで対処する方法がありますので、このままお預かりいたします。今日は本当にありがとうございました。お礼については後日美園に届けさせますので、それまでお待ちいただければと思います」

「承知しました、では私はこれで失礼いたします」

どうやら美花氏はここまでにしたいようだ。

俺は三人に見送られてお屋敷を出ると、一路アパートへと足を向けた。

しかし家庭訪問がダンジョンアタックになるとは思ってもみなかったな。いい経験ができたのは確かだが、まさか日本にダンジョンが、という感想ももちろんある。

一方で青奥寺の家が面倒なことを抱えてそうだったのも少し気になる。とはいえ基本的に俺が関われることではないだろう。

ただまあ、それが青奥寺の身の危険とかに関わってくるなら……今回と同じく、さすがに見ないふりはできないかもしれないな。

◆

放課後に青奥寺が『お礼』を持ってきたのは週が明けてからだった。

「先生、遅れて申し訳ありません。母からこちらを預かってきました」

「ありがとう。中は……んんっ⁉」

『生活相談室』で渡されたのは厚めの封筒だったのだが、中を見ると帯つきの札束が一つ……。

う～ん、これは貰《もら》っていいものなんだろうか。いやどう考えてもダメだろう。

「いや青奥寺、さすがにこれは……」

「口止め料とかも含まれているそうなので受け取ってくださいとのことです。それとこのお礼は、教頭先生か校長先生に話を通せば問題ないそうです」

「う～ん……わかった、とりあえず預かっておいて、そっちに相談してみるよ」

青奥寺の家は明蘭《めいらん》学園ともつながりがあるみたいだし、特例とかがあるのかもしれないな。

世知辛い話だが、奨学金を返す身としてはお金はあれば嬉《うれ》しいのは確かではある。

「はい。それとこの間はありがとうございました。先生がいらっしゃらなかったら、やはり大変なことになっていたと思うので」

「そういえば、もし俺がいなかったら、青奥寺一人で外で待機してたはずって言ってたよな」

「そうですね。『師匠』が戻るまで、外であふれた『深淵獣』を狩っていたと思います」

「ん～……それもちょっと危険な感じがするな」

『丁型』ならともかく、『丙型』が複数現れると青奥寺ではまだ手に余る感じなんだよな。

「なあ青奥寺、もし今後も俺の手を借りたい事態になったら遠慮なく言ってくれ。電話で呼んでくれて構わないから」

「えっ!?」

急な申し出だったからか、青奥寺は目を丸くした。

「それは……ご迷惑ではないでしょうか？　先生もプライベートがあると思いますし、それに……」

「もちろん今回のようなお礼は要らない……といっても親御さんは気にするだろうけど、要らないと言っておくよ。プライベートは大丈夫、暇なときは鍛錬してるだけだし。それより青奥寺になにかあったほうが俺としては困るからね」

今回の件で少し考えさせられたが、教え子が裏で危険なことをやっていて、それによって身になにかあるというのはやはり避けたいんだよな。もちろん教員としての義務感もあるが、個人的な感情としても平気でいられるはずもない。『あの世界』じゃ人の死は日常茶飯事だったけど、かといって知り合いが死んでなにも感じないってことはなかったしな。

青奥寺はちょっとだけ下を向いて何か考えていたようだったが、顔を上げて答えた。

「それならばぜひお願いします。このごろ『師匠』も出たままで会うこともできなくて、私一人ではまだ『深淵窟《しんえんくつ》』も手に余りますし、先生にいていただくととても助かります」

「自分の力と状況がよく理解できているのはいいことだよ。俺の電話番号は配った連絡網に載ってるから」

「はい、すでに登録はしてあります。……その、もしかしたらすぐにでもお呼びするかもしれません」

「問題ないって。ただもし外で職務質問とかされたらなんとか助けてほしいけど」

青奥寺も常にブレザー姿だしな。外で成人男性が女子校生なんて連れて歩いてたら即事案扱いのご時世である。

俺の冗談に青奥寺は「ふふっ」と笑みをこぼした。目つきは悪くてもこういう時は可愛《かわい》さが増すものだ。

「それは任せてください。いざとなったら家の名前でなんとでもなりますから」

えっ、なにそれちょっと怖いんですけど。

青奥寺家……やっぱり奥が深い家のようだなあ。

――とある喫茶店での女子三人

「という感じで、先生のほうから私に力を貸すと言ってくれたの。勇者っていうのはいまだによくわからないけど、やっぱり悪い人じゃないみたい」

「ちょっと待って、それってズルい。先生の力が借りられるなら私も借りたい時がいっぱいあるんだけどっ。背後の機関のことも探れって言われてるし、美園の方からお願いして？」

「そんなことお願いできるわけないでしょ。今回のことで先生には色々借りができちゃったし……。かがりが自分でお願いしてみたら？」

「え〜、先生ってちょっといじわるなところがあるんだよね。ビルにいたことすぐに認めなかったし」

「それはかがりがいきなり家に行ったからでしょ。先生は先生なんだから、ちゃんと礼儀をわきまえないと」

「そうかな〜。だって璃々緒《りりお》にもちょっといじわるだったんだよね？」

「いえ、私の場合はちょっとした勘違いがあっただけなので。それに最後は助けてくれたから感謝はしてる。ただ助けてくれた目的は不明だけど」

「目的かあ。私のときも助けようとしてくれたみたいだけど、生徒だから助けただけみたいなこと言ってたし……」

「あれだけの力をもった人間が何の目的もなく動くことはないと思う。必ず私たちに近づいた意味があるはず」

「私たちと同じように、裏があるのは確かだと思う。そのために私はもう少し先生と接触してみるから。最近『深淵窟《しんえんくつ》』の発生が増えてるから機会は多くなるはずだし」

「先週の『深淵窟《しんえんくつ》』はどうだったの？　先生の強さは？」

「正直今の私じゃよくわからないくらい強い。『乙型』の上位種も一瞬で倒してたみたいだから……。そういえば妙な技を使っていた気がする。手から何かを飛ばして『乙型』の腕を吹き飛ばしてたの」

「えっ、なにそれ。何かを投げたんじゃないの？」

「ううん、投げる動作はしてなかった。手をのばしたらその先から何かが飛んだ感じ」

「ＥＳＰ？　その可能性もある……？　飛行できるのもその能力……？」

「超能力者ってこと？　璃々緒のところだと超能力って科学的に認められてたりするんだ？」

「いえ、あくまでまだ仮説。ただ『違法者《イリーガル・ワン》』の中には奇妙な力を使う者もいるのは確か」

「まあＣＴエージェントを動けなくしたり、壁に穴をあけたりもしてたからね。特別な力をもっているのは確かっぽいかも」

「やはり継続的な監視が必要、か」

「先生についてはそうするしかないでしょう。それよりかがり、今回『乙型』の『雫』が複数手に入ったからまた……」

「うん、九神のお嬢のところに流れるってことだよね。ＣＴがまた動き出すかもしれないから警戒はしとくね」

「そうして。でもこのタイミングで世海《せかい》が帰って来たのは偶然なのか……やっぱりちょっと怪しいな。お母さんには止められたけど、少し調べてみてもいいよね」

三章　青奥寺と九神

「相羽《あいば》先生、そういえば先週の青奥寺《あおうじ》さんの家庭訪問はどうだったのかしら？」

青奥寺家へ家庭訪問に行った翌週の月曜日。

四限目の授業を終えて職員室に戻ると山城《やましろ》先生に声をかけられた。なんてことはない言葉の端にも色気が漂っているのだが、そこもなぜか女子生徒には人気らしい。

「あ、ええと、新しい担任に挨拶と、ちょっと特別な事情があるというお話をされました」

「そう。あの家にとっては必要なことなんでしょうね。相羽先生は理解されました？」

「聞いたのは多分表面的なところだけだと思うんですけど一応は。ただ言葉上は理解できても、中身が信じられるかは別ですね」

「一般人には無理よねえ、あの話は。相羽先生に求められるのは担任としてどう対処するかだけだから、あまり深く考えない方がいいと思うわ」

「はい、自分もそう考えるようにしてます。今は授業の方で手一杯なので」

と適当に誤魔化す俺に、山城先生はニコッと微笑《ほほえ》みかけた。

「そうね。それじゃ今日の授業について、授業研究をちょっとやっちゃいましょうか」

「あ、はい、よろしくお願いします」

俺が教科書と授業の指導案を取り出していると、職員室のドアがノックされ一人の女子生徒が入ってきた。

その女子生徒を見て俺はちょっとのけぞってしまった。

なぜならその女子生徒が絵に描いたような金髪縦ロールな髪型をしていたからである。

いやこんな生徒いたか？　授業に出てないクラスだったとしてもさすがに見かけたら記憶に残るだろう。

と思っていると、その生徒はつかつかとこちらに近づいてきた。

「山城先生、失礼します。少しお話よろしいでしょうか」

縦ロール娘は俺に一瞬だけ視線を向けたが、まるで一切認識しなかったかのようにすぐに山城先生に向き直った。

「あら九神《くかみ》さん、来るのは来週からじゃなかったかしら？」

「ええ、そのはずだったのですけれど、少し予定外のことが起きまして。急に戻ることになりましたので、そのご挨拶と両親からの手紙をもってまいりました」

「まあ、電話で十分なのにいつもキチンとしているわね。わかりました、預かります。授業は明日から？」

「はい、すぐに出たいと思います」

「座席は出席番号順だからわかるわね。九神さんなら時間割とかは大丈夫かしら？」

「はい、そのあたりは問題ありません。授業の進度も友人に確認してあります」

「そう。じゃあ明日からよろしくね。授業の先生方には九神さんが来るって伝えておくから」

「よろしくお願いします。失礼いたします」

金髪縦ロール女子はそう言うと一礼して去って行った。髪型のせいか、動作がすべてお嬢様っぽい感じがしてさらにのけぞる感じだ。

『あの世界』の貴族の令嬢もあんな感じだったのかもしれないが、なにせ会わせてもらえなかったからなあ。

しかしそれよりも彼女については見た目以外で少し気になることがあった。

そう、『九神』という姓は、先日『深淵窟《しんえんくつ》』関係で青奥寺が言いかけて止められていた名前なのである。

「山城先生、さきほどの生徒は初めて見る気がするんですが」

「ええ、彼女は『九神　世海』さんと言って、『九神』っていう総合商社の社長の娘さんなの。『九神』自体は一般的にそれほど知られてないけれど、結構大きな企業みたい」

「はあ」

「で、彼女は二年の初めから親御さんと本人の希望で超短期の海外留学に行ってたの。留学というより実際は会社を継ぐための研修みたいだけど。それで今日その留学から戻ってきて、明日から授業に出るってお話よ」

「ああ、言われてみれば最初の学年会で熊上先生がそんなことを言っていたような……」

「ふふっ、はじめは何のことかわからないわよね。私のクラスだから相羽先生が直接相手をすることはないと思うわ。だからそんなに気にしなくて大丈夫よ」

「そうですね、わかりました」

と言ったものの、どう考えても青奥寺つながりで彼女とは嫌でも関わらないといけない気がするんだよな。

勇者の勘の的中率は、悪い方には極めて高いからな。

◆

翌日四限目の授業を終えて廊下を歩いていると、金髪縦ロールの後ろ姿が見えた。

やっぱりメチャクチャ目立つな……と感心していたら、そこに近づいていく黒髪ロングの女子。

うむ、これぞ好一対、とさらに感心していたが、黒髪ロングが青奥寺なのに気付いて二人がどんな会話をするのか気になってしまった。

『隠密《おんみつ》』スキルを弱く発動して聞き耳を立てる。

「世海、久しぶり。帰ってくるの予定より早くない？」

「あら美園《みその》さん、お元気そうね。ええ、向こうでの予定が早く終わったから早めに帰ってきたのよ」

「そう。この間の件もあったし、世海のところも大変そうだけど。帰ってきたのはそのせい？」

「それは美園さんには関係ございませんわ……、と言いたいところなのですけど、そうでもないのですのよね。かがりさんにはお礼を言っておいてくださいな」

「直接言わないとダメでしょう、そういうことは」

「さすがにそれはできませんわ。色々としがらみがございますので。その点青奥寺家はまだ気楽で羨ましいですわ」

「そんなこともないけど。どこかの誰かのせいで余計な仕事が増えてるから」

そこで金髪縦ロール……九神の肩がピクッと反応した。

「……それは大変ですわね。ま、青奥寺家の仕事が増えるなら、それはそれでこちらは助かるのですけれど。それとは別に美園さんもお身体《からだ》には気を付けてくださいな。大切な跡取りなんですから」

「それはお互いでしょう」

「ええまあ。ところで一組は担任の先生が変わったのかしら？　熊上先生がそのまま継続だと聞いていたのだけれど」

「熊上先生は先日入院をされて、副担任の相羽先生が代理で担任になったの。今年教員になったばかりの先生だって」

「そう……。職員室で山城先生と話していた人ね。頼りなさそうに見えたけど、新採用の先生では仕方ないわね」

「相羽先生が頼りない……？　ふふっ、世海にはそう見えるのね」

「なに？」

「いえ、確かに先生としては頼りないかもって思ったの。中間テストも近いし、お互い頑張りましょう」

「ええそうね。追試なんて受けている暇はありませんもの」

妙な緊張感を漂わせたまま、そして「頼りない」という言葉で俺にクリティカルヒットを与えたまま、二人はそれぞれの教室に戻っていった。

う〜ん、どうも言葉の裏で、事情を知らない人間には見えないやりとりが色々あった気がするな。

青奥寺が九神に対して何かを探ろうとしていたのは確かだろう。そしてそれが、先日の『深淵窟《しんえんくつ》』発生と関係があることだというのも。

一方で九神も、そのことに対して明らかに何らかの反応を示していた。もっとももどういう意味の反応だったかは一切わからないが。推測しようとすればいくらでもできそうな部分もあるが、知らない方が幸せということもありそうだ。

むしろ俺としては、『裏で何かやってる系』の生徒が増えたことの方が驚きである。今度はいったい何と戦っているのだろうか。できれば霊体系はやめて欲しいんだよな、相手するのがめんどくさいから。

◆

放課後部活動を見に武道場に行くと、そこには道着姿の新良《にいら》と、なぜか袴姿《はかますがた》の青奥寺がいた。

木刀を二本携《たずさ》えているところから見てもただ見学に来たわけではなさそうだ。

「なんで青奥寺がいるんだ？」

「先生、私も総合武術同好会の会員なんですけど」

「へ？」

青奥寺の鋭い目が咎《とが》めるような光を帯びる。いや多分そこまで強い感じではないのだろうけどいかんせん目つきがなあ……。

「ちなみにかがり……双党《そうとう》さんも会員です。今まではほとんど幽霊会員でしたが」

「あ～、名簿はちらっと見ただけだったから忘れてたよ。それで青奥寺がここにいるということは、練習がしたいってことか？」

「はい、新良さんが稽古をつけてもらっているというので、私もお願いできないかと思いまして」

「それは構わないが……やるのは剣術だよな」

「もちろんです」

うーん、青奥寺《あおうじ》の格好を見る限り、特に防具もつけないで木刀で打ち合うみたいなことを想定してるんだろうか。

さすがにそれを学校の同好会でやるのは怒られそうな気がするんだが……俺が打ち込まなければセーフか？

「わかった。ちょっとだけやってみようか」

ただその前に、扉のところに集まってる他の女子部員をなんとかしとこう。さすがに木刀でガンガンやりあってるのを見せるのはマズい気がする。

「あ～、君たちは自分の練習に戻るように」

「え～、先生、少しだけ見学させてください」

「青奥寺さんが剣術やってるって知らなかったので、見てみたいんです」

「そうです、結構謎女子なので」

あれ、新良璃々緒《りりお》ファンクラブ（？）かと思ってたんだけど、一応青奥寺も見学対象なのか。というか「謎女子」って……わかるけど。

「いいから。見世物じゃないんだし、散った散った」

「そうですけど……先生私たちの部活あんまり見てくれないじゃないですか」

と痛い所をついてきたのは合気道部の部長だ。名前は主藤《すどう》　早記《さき》、こちらも袴姿のポニーテール女子だ。

「そうは言ってもそっちは教えられないしなあ」

「だったら見てるだけでも。あ、じゃあ一緒に合気道やりませんか？　先生ならすぐ身につくと思うんですけど」

「そうだなあ。時々になるけど、教えてもらうかな」

「あっ、じゃあ剣道も」

「柔道もやりませんか？」

「いや柔道はまずくないか……」

思えばこういうことは初めて言われた気がするな。

というかもしかしたら皆今まで我慢していたのかもしれない。そういえば研修で「女子はきちんと見てあげることが大切です」と言われた気がするな。こういうことだったのかと反省する。

「今日のところはこっちを見るから、皆自分の部活に戻るように」

「は～い」

ともあれ聞き分けがいいのは助かる。俺がふうと息を吐いて振り返ると、そこには冷たい目をした青奥寺と新良が……いや、この二人はいつもこの目つきか。

「じゃあちょっとやってみるか。青奥寺、木刀を一本貸してくれ」

「はい、お願いします」

「次は私の相手もお願いしますので」

木刀を受け取って、道場の真ん中で青奥寺と向かい合う。新良は端に立って腕を組んで見る姿勢だ。

「いつでもいいぞ」

「参ります！」

声と同時に来る。観客が新良だけだからといって、いきなり『疾歩《しっぽ》』を使うのはどうかと思うんだけどね……

胴を狙った攻撃を受け止め、そのまま受け流す。青奥寺は流れるように後ろに抜け、振り返りざまに連続で攻撃を仕掛けてくる。

袈裟《けさ》斬《ぎ》り、突き、脛《すね》うち、横薙《よこな》ぎ……時折『疾歩《しっぽ》』を交えて打ち込まれる木刀には一切の手加減がない。

完全に俺を格上だと信じてるということなんだろうけど……ちょっと殺気がこもってないですかね。

俺は道場を円を描くように動きながら、すべての攻撃を受け止めてやる。もろに受け止めると木刀が折れそうなので、そこは勇者スキルで威力を逃がすのも忘れない。

しばらく受けに回っていたが青奥寺が物足りなそうな顔をするので、時折隙を見て反撃を行うことにする。

青奥寺がぎりぎり反応できるように手加減をしつつ、大きな隙があった場合は寸止めで打ち込んで指摘してやる。

二十分ほど行ったが、スキルも使って全力で打ち込んできたことを考えれば十分なスタミナだろう。普通の人間ならそもそも『疾歩《しっぽ》』すら使えないのだから。

「ここまでにしよう。『疾歩《しっぽ》』と同時の攻撃はだいぶモノになってるな。できれば『疾歩《しっぽ》』の予備動作をもっと小さくしよう」

「はい……わかりました。ありがとうございました……」

青奥寺は肩を上下させながら、一礼して道場の端へ移動した。

代わりに新良が出てきて防具を渡してくる。

「俺に休憩はないの？」

「必要ですか？」

光のない目を向けてくる銀河連邦独立判事さん。なんかやっぱり殺気だってませんか。

まあ相手が勇者だからな。それくらいの気合で来てもらった方が鍛錬にはなるだろう。

部活の指導を終え、職員室に戻って授業の用意をしていると九時を過ぎてしまった。

まだ職員室には数名の先生が残っているが、俺は「お先に失礼します」と言って帰りの途についた。

校門を出て坂道を下っていると、耳の後ろあたりにチリ……ッという感覚。また何かの前兆だろう。

俺は『空間魔法』から手のひら大の水晶球を取り出した。感知スキルの能力を増幅する『龍の目』という魔道具だ。どこかの暗殺者集団のアジトにあったのをそのままパク……

有効利用させてもらっている。

『龍の目』を通してスキルを発動する。感知できたのは微小な魔力の渦、かなりの遠方だ。

「これはダンジョン……じゃなくて『深淵窟《しんえんくつ》』か。小さいからでき始めっぽいな」

聞いたところ青奥寺たちも何らかの方法で『深淵窟《しんえんくつ》』の発生を感知しているらしいが、大きくならないと感知できないらしい。

この『深淵窟《しんえんくつ》』発生の情報を教えてもいいのだが……

「う〜ん、先日のこともあるし一応俺が見ておくか」

先週潜った『深淵窟《しんえんくつ》』が人為的に発生させられたものであるならば、今出現しようとしている『深淵窟《しんえんくつ》』もそうである可能性が高い。そもそも『深淵窟《しんえんくつ》』はそうそう発生するものではないらしいのだ。

もちろん俺が積極的に関わる理由はないと言えばないのだが、結局は青奥寺が関わることになる案件だと思えば、教師としても見て見ぬふりはできないだろう。

勇者的にもこういうのを見逃すと逆にストレスになったりするし……職業病というやつだろうか。

ともかくも俺は、『光学迷彩』スキルで姿を消しつつ、『風魔法』で空に舞い上がった。

そこは郊外にある古めの一軒家だった。庭に手入れがあまりされておらず生活感もないことから、どうやら空き家になって結構経《た》つ家のようだ。

その家の前に一台の白い商用車が止まっている。一見すると中古住宅販売の業者が来ているようにも見えるが、さすがにこんな夜に見にくることはないだろう。

地上に下りて離れたところから見ていると、その家から二人の人影が出てきた。どちらもスーツを着た若い男だが、明らかに一般人の雰囲気ではない。『あの世界』で言うと「裏の呪術者集団の下っ端」みたいな感じを受ける。

魔力の渦は間違いなくその家の中から感じられる。その男たちが関係しているのは間違いないだろう。

さてどうするか。捕まえて事情を聞くのが手っ取り早いが、残念ながら現実的ではない。第一俺には彼らを拘束する理由がない。彼らのやっていることが犯罪なのかどうかすら明確ではないのだ。

それにどうも彼らは下っ端っぽい。捕まえてどうにかしてもトカゲの尻尾きりで終わるだろう。だったらちょっと泳がせて後をつけた方がまだマシだ。

というわけで、俺は商用車に乗って去っていく彼らの後をつけることにした。もちろん空からの追跡である。

その商用車は街中に入って行くと、一旦小さなビルの駐車場に入っていった。しかし中の二人はそのビルに入って行かず、別の黒い車に乗り換えて駐車場から出てきた。なんとも念入りなことである。

黒い車は街中を一周すると、先ほどとは別の、とある大きめなビルの駐車場に入っていった。ビルの看板には「九神建設」の文字。ああ、やっぱりそうつながるのか、と自然と溜息《ためいき》が漏れてしまう。

感知スキルを全開にしてビル内部をスキャンすると、そのビルに入った下っ端二人はエレベーターで最上階へと上がっていった。

彼らが向かう最上階の部屋には誰かがいる。おそらく自分達《たち》がやったことをボスに報告するというところだろう。

俺はそのボス部屋の窓ガラスに張り付いてどんなやりとりがなされるのかを確認することにした。ブラインドが下りていて中は見えないが、声だけなら『超感覚』スキルでガラス越しに聞くことが可能だ。

「……社長、いつも通り設置いたしました。二日後には『深淵窟《しんえんくつ》』が開くでしょう」

「ああ、ご苦労。足はついてないな？」

「万全を期しています。問題ありません」

「ならばいい。今日は帰って休め」

「……しかし社長、『深淵核《しんえん》』が見つかってしまえば青奥寺はこちらの仕業だと勘付くのではありませんか？」

「証拠がなければ連中は何も言えんさ。もともとこちらの方が力と立場は上なのだしな。それに『深淵窟《しんえんくつ》』が増えるのは奴《やつ》らにとっても利益になる話だ。むしろ感謝されるべき話だな」

「なるほど、言われてみれば向こうにも利益がある話ですね」

「そういうことだ。『深淵核』を大量に確保するにはこの方法が一番早い。なぜ誰もやらないのか昔から不思議だったのだがな」

やりとりをしているのは全員男だ。ちょっと驚いたのは「社長」と呼ばれる人物の声がかなり若いことだ。ヘタをすると二十代だろう。よほど優秀な人間なのか、それとも……

「では失礼いたします」

「うむ」

どうやら二人の下っ端は去って行ったようだ。残った『社長』がゆっくりとこちらに向かって歩いてくる。

まさかバレたのか……と思っているとそうではなく、『社長』は俺がいるのとは違う所のブラインドを指で広げ、夜景を眺めはじめたようだ。

「ふん、低いビルだ。俺はこんな低い場所で終わる人間ではない。利益を上げれば九神《くかみ》も俺を認めるだろう。俺があいつより上だと、な」

うん、なんかちょっとナルシスト入ってる人のようだ。ちょっとキツくなった俺は笑いをこらえながら身を空に躍らせ、その場を後にした。

◆

翌日の放課後、俺は青奥寺《あおうじ》を『生活相談室』に呼び出した。

「先生、なんでしょうか？」

「ああ呼び出して悪いな。はいこれ」

訝《いぶか》しげな顔をする青奥寺にメモ用紙を畳んだ物を渡す。

青奥寺はそのメモ用紙を開いて中身を確認すると、前髪の下から俺を睨《にら》み……いや、睨んでるわけじゃないよな、きっと。

「あの、この住所が何か？」

「たぶん一両日中にそこに『深淵窟《しんえんくつ》』が発生するから」

「……っ!? どういうことですか？」

青奥寺がグイッと身を乗り出してくる。あ、ちょっと近いのは勘弁してね。人に見られたら俺が社会的に終わるから。

「昨日魔力が渦巻いてるのを感じたんだよ。で、見にいってみたらどうも『深淵窟《しんえんくつ》』が発生するところだったらしくて。ちなみにその住所にあるのは空き家だから」

「先生は発生する前の『深淵窟《しんえんくつ》』も感知できるんですか？」

「勇者時代にいいアイテムを手に入れててね。それを使えばわかるんだよね」

「ふぅん、そうなんですね」

俺が「勇者」を口にすると青奥寺は興味を失ったような顔になる。やっぱり「勇者＝話す気なし」みたいな扱いなんだろうな。

「ところで青奥寺の『師匠』とかは戻ってきてるの？」

「いえ。興味があるんですか？」

またグイッと身を乗り出してくる黒髪少女。今度ははっきりと眼力《めぢから》が強い。

「そうじゃなくて、『深淵窟《しんえんくつ》』が出現したらどうするのかと思って。青奥寺一人では中には入らないと言っていただろ？」

「ああ、そういう意味ですか。そうですね、師匠が来るまでは様子見になると思います」

「だけど今回は住宅街が近いんだよ。だから出口で待ち構えて、出てきた『深淵獣』を狩るってことはできないと思うぞ」

「それは……見てみないと何とも言えません。もしかしたら一人でも突入するかもしれませんね」

「その時は遠慮せずに俺を呼べよ」

俺がそう言うと青奥寺はコクンと頷《うなず》いた。

「わかりました。その時は先生のお世話になります」

「それでいい。話は以上だ」

と、話を切り上げたつもりだったのだが、青奥寺はメモ用紙を鞄《かばん》にしまっても動かない。

何か言いたいことがありそうな顔でちらっと俺を見る。

「なにかあるのか？」

「ええ、今日も部活にはいらっしゃいますか？」

「じゃあお待ちしています。でも他の部活も見るんじゃなかったんですか？」

「あ、そうか……。顔は出しておかないとな」

「昨日の感じだと先生はほかの子たちに興味を持たれ始めてる気がしますから、注意した方がいいと思います。デレデレしてると大変な目にあいますよ」

「お……おお？」

急に圧が強くなった青奥寺にちょっと後ずさってしまう。

まあでも確かに彼女の言う通りだろうな。最近生徒とは距離が近くなった感じはするが、あまり近すぎるのも教師としては問題だし。

「ありがとう、気を付ける」

「はい、では失礼します」

青奥寺も最初に比べるとかなり話をしてくれるようになった気がする。俺もあの目つきに早く慣れてやらないとなあ。

「この後すぐ行く」


その日は青奥寺と新良《にいら》の相手をした後、俺は合気道の道場を見に行った。

いままでも多少顔は出していたのだが、どうも女子の練習をじっと見てるだけという時間がむずがゆくて早々に切り上げていたのだ。部員もちょっと俺のことを警戒しているような節もあったし。

というわけで今日は乱取りの練習などをしっかり見たのだが、部員だけでやっている少人数の部活にしてはレベルが高い気がする。

このあたり先輩から技術がキチンと伝えられているんだろう。優秀な上に真面目だからこその文化である。

俺も少しだけ投げや押さえの技を教えてもらったが、なかなかに勉強になった。こういう人間相手の技は勇者は全く覚える機会がなかったからなあ。

「すみません先生、ちょっとだけおさえ技の受け役をしてもらえませんか？」

最後の方でそんなことを言ってきたのは合気道部部長の主藤早記《すどうさき》だ。ポニテで袴姿《はかますがた》の二年女子である。

「ああ、それは構わないけど……」

と俺が言葉を濁したのは、どうも何か意図がありそうな感じがしたからである。

「お願いします。男の人にきちんと技がかけられて通じるかを知りたいんです」

「そういうことか。いいよ、どうすればいいか言ってくれ」

というわけで、その後しばらくの間技をかけられまくった。

後ろから軽く抱き着いてくださいとか言われた時はビックリしたが、彼女たちはいたって真剣であった。日本でも物騒なところはあるし、護身術を真剣に学ぼうというのは大切だろう。

ちなみに女子に関節を決められるのがご褒美とかそういう趣味は俺にはない。確かにそういうのが好きという後輩はいたが……

「ありがとうございました。とても勉強になりました」

「どういたしまして。ただ受けてただけだけどね」

「いえ、やっぱり男の人が相手だと勝手が違いますので。それに先生はすごく鍛えているんですね。変な話ですけど安心して技をかけられます」

主藤がそんな変な褒め方をすると他の部員もうんうんと頷いた。それって喜んでいいんだろうか。

「え〜と、ありがとう、かな？　じゃあ俺は行くから、後はよろしく」、

「はい、ありがとうございました」

お礼を背に受けながら合気道の道場を出ようとする。俺は出口の方に目を向けて……そこで不覚にもビクッとなってしまった。

だって目つきの悪い黒髪ロングの女子と、目に光のないショートボブの長身女子がこちらをじっと睨んでいたのである。


その夜アパートでくつろいでいると九時ごろに青奥寺から呼び出しがかかった。

昼間教えた場所で『深淵窟《しんえんくつ》』の発生が確認できたので、今から調査するというのである。

現地集合ということで例の空き家前に行くと、そこには刀を携《たずさ》えた青奥寺が一人で立っていた。やはりなぜかブレザー姿である。

「対応が早いな。しかしやっぱり青奥寺のお師匠さんは今日も手が空かないのか」

「はい、最近『深淵獣』の発生数も増えていまして、まだ戻って来られないようです。すみません」

「ああ、別に責めてるわけじゃない。じゃ、さっさと中に入って終わりにしようか」

「よろしくお願いします」

『深淵窟《しんえんくつ》』の攻略自体は全く問題なく終わった。

青奥寺に剣の指導をしながらザコを倒していき、ボス部屋で前回と同じく『乙型』二匹を倒す。

やはりボス部屋には『深淵核』があり、この『深淵窟《しんえんくつ》』が人為的に作られたものだということがはっきりした。

問題はこれを作ったのが『九神』の関係者らしいということを青奥寺に伝えるかどうかだが、青奥寺の母親の美花《みか》氏はどうやら勘付いているようだし、必要があれば彼女が青奥寺に伝えるだろう。

ということで、今回もそのまま調査完了ということで解散になるはずだったのだが……

「あれって世海《せかい》の家の車？　なんでこんなところに……」

空き家を出るところで、青奥寺が家の前に停《と》まっている黒いセダンに気付いたのだ。

なるほどその車は俺にも見覚えがある。明蘭《めいらん》学園の生徒『九神世海』を送迎している高級車だ。

「先生、隠れて様子を見ましょう」

青奥寺の指示に従って家の陰に隠れて見ていると、車から二人の人間が降りてきた。

一人は執事のような格好をした老年の男性だ。白いひげをたくわえた紳士然としたたたずまいには隙がない。勇者の目から見てもただ者ではないとわかる。

もう一人は夜でも目立つ金髪縦ロールの少女、九神世海に間違いなかった。

「やっぱり世海……」

青奥寺がつぶやく。この間のやりとりからしても、この二人の間には知り合い以上の関係があるのだろう。

気配を殺している俺たちに気付くことなく、九神と執事氏は空き家の玄関へと進んでいった。

「玄関の鍵が壊れているわね。どうやら最近壊された感じだけれど、中太刀《なかたち》から見てどうかしら？」

「そうですな……。ふむ、見た限りでは、壊されたのはここ二、三日のことでしょう」

「とするとやはり……。とりあえず入ってみましょう」

二人はそんなやりとりをして空き家の中に入っていった。

俺と青奥寺は玄関の側までいって聞き耳を立てる。

「どういうことかしら、深淵《しんえん》の波動は感じるけれどもう消えかかっているわね」

「さようでございますな。『深淵窟《しんえんくつ》』の発生が失敗したのか、それとも……」

「すでに『深淵窟《しんえんくつ》』が踏破されたか、ね。青奥寺家が察知するにはまだ早いかと思ったけど」

「情報が確かならば『深淵核』の持ち出しは二日前。すぐに設置されたとしてもまだ波動が外に漏れる段階にはなかったでしょうな」

「となると失敗？　でもそれにしては『深淵核』が見当たらないわ。明日それとなく美園《みその》に聞いてみようかしら。でもあの娘《こ》もなにか妙に勘繰ってるみたいだったのよね」

「美園様も勘が鋭い方ですからな」

「そうね。詮索されると面倒だし、証拠集めは次の機会にしましょう。どうせあの男はまたやるでしょうし」

どうやら用事が済んだらしく、二人が奥から玄関に向かって歩いてくるのが感じられた。

俺たちはすみやかに物陰に隠れて……

「世海、どういうことか説明してもらえる？」

想定外の声に振り返ると、玄関の正面に立って、九神《くかみ》に向かってビシッと指を突き付けている青奥寺がいた。

「あら美園、こんな夜中にお会いするとは思いませんでしたわ。お一人では危険ではありませんの？」

指を突き付けられながら、九神は平然とそんなことを言ってのけた。

俺のいる物陰からは青奥寺《あおうじ》の横顔しか見えないが、家の中では九神が澄ましたお嬢様顔をしているのだろう。

「私は強いのでお構いなく。それより貴女《あなた》がなぜここにいるの？　しかもこんな時間に」

「あら、ここは九神ハウジングが扱っている物件の一つですの。ですから私が視察に来てもおかしくはないのですわ」

「九神の本家令嬢がこんな時間に見にくる理由にはならないでしょう。『深淵』に関わること以外は」

「……なにが言いたいんですの？」

「さっき貴女が言ってた通り、私がここにあった『深淵窟《しんえんくつ》』を踏破したの。だから『深淵《しんえん》窟《くつ》』はここにはもうないってこと」

「へえ……美園はようやく単独で『深淵窟《しんえんくつ》』を踏破できるようになったんですの？　それはめでたいことですわね」

「誤魔化しても無駄だから。この『深淵窟《しんえんくつ》』にも、『深淵核』があった。この意味がわかるでしょう？」

「いえ、美園が何を言いたいのかさっぱり。ただ一つだけ言うことがあるとすれば、『深淵核』は自然発生することもある、ということだけですわ」

「……そう、あくまでもとぼけるというわけね。まあいいけど。ただあまり派手に『深淵の雫《しずく》』を動かすと大変なことになるんでしょ？　中太刀さんのところもこの間大変だったみたいだし。あまりかがりに手間をかけさせないでね」

「ご忠告はしかとお聞きしましたわ。お互いこんな時間に出歩くのは問題がある身ですし、この辺りでお暇《いとま》させていただきますわね」

どうやら話は終わったようだ。

青奥寺の脇を九神と執事氏が通り過ぎていく。執事氏は申し訳なさそうな顔をしてお辞儀をしていたが、その挙措《きょそ》に苦労人っぽい雰囲気がにじみ出ていた。『あの世界』でも執事といえば苦労人が多かった気がする。

彼らが乗った車が去っていくと、青奥寺はふうっと息を吐いて俺のところに来た。

「すみません、勝手なことをしてしまって」

「いや別に、青奥寺にも考えがあってやったことだろうからいいよ。俺のことも隠してくれたみたいだし」

「えっ？　そうでしたか？」

「だって一人で『深淵窟《しんえんくつ》』を踏破したって言ってただろ？　青奥寺はあんなふうに見栄《みえ》を張るタイプじゃないだろうし」

「あ……っ」

そこで青奥寺は、暗闇の中でもわかるほど顔を真っ赤にした。

「あれはちょっと、その……世海とは子どもの頃から互いに張り合ってるところがありまして……」

「あ、そういう……」

なんだ、しっかりした生徒だと思っていたが、そういう子どもっぽい所もあるんだな。

俺は少しだけ、この『人知れず闇の獣と戦う系女子』に親近感を覚えたのであった。

◆

翌日も学校では特に何事もなく時間が過ぎた。

青奥寺と九神が接触している様子もなく、放課後の部活も普段通りであった。

気になるのは『裏の顔持ち』三人娘の一人である双党《そうとう》かがりが休んだことだが、いつも元気な彼女も体調を急に崩すことがあるのだろうか。またなにか裏の任務をやってなければいいのだが。

定時から二時間過ぎて帰ろうとすると、校門の前で同期の二人と出会った。

明るい美人の『白根《しらね》 陽登利《ひとり》』さんと、ちょっとニヒルなイケメン『松波《まつなみ》 真時《しんじ》』君だ。

松波君は前回見た時にはかなりやつれていたのだが……うん、今日は一段とげっそりしている な。もはや生ける屍《リビングデッド》だ。

俺が近づいていくと白根さんが気付いて手を振ってくれた。

「あ、相羽《あいば》先生、お疲れさまです。仕事は順調ですか？」

「ようやく生徒とも打ち解けてきた感じですね。白根先生も？」

「はい。やっぱり優秀な生徒には驚かされますが、もう慣れました。顧問している部活は今度上位大会に出るとかで大変ですけど」

「それはおめでとうございます。部活はなんでしたっけ？」

「バレー部です。一応経験者なので」

「じゃあ白根先生の指導の賜物《たまもの》ですね」

「いえ、部員がすごく真面目で、逆にやりすぎるのを抑えてるくらいなんです」

と苦笑いする白根さん。充実した健全な教員生活を送っているようだ。

一方で松波君は……目に光がないな。新良《にいら》と同類か？

「松波先生はずいぶんとお疲れのようですが、まだからかう女子がいるんですか？」

俺がそう聞くと、ゆらりと幽鬼のように顔をこちらに向ける松波君。

「……ああ、相羽先生。お元気そうでなによりです。おっしゃる通りからかいがなくならなくて、もう疲れましたよ」

「松波先生はカッコいいから女子がほっとかないとは思うんですけど、やりすぎは問題ですよね」

と白根さんが困ったような顔をして頷《うなず》く。

「松波先生は他の先生方には当然相談してるんですよね？」

俺が聞くと、松波君はフッと皮肉げに笑みをこぼした。

「ええもちろんです。でも彼女は誰の言うことも聞かないんですよね。完全にお手上げ状態みたいです。なにしろ表面上はギリギリ問題ない感じに接してくるので、こっちも強く言えないものですから」

「はあ、そんな性質《たち》の悪い女子がいるんですねえ。初等部だと本人にもどこまで悪意があるかわからないですし、対応は難しそうですね」

「本当にそうです。他はいい子たちばかりなので何とかやっていけますけどね……」

はぁ、と重い溜息《ためいき》をつく松波君。さすがにちょっとだけ助けてやってもいいかもしれないな。その女子はどうにもできないけど。

「松波先生、少し失礼します」

俺は彼の胸の前に手をかざして『回復魔法』を発動する。といっても二人には何も見えないだろう。実際には俺の手から流れ出た魔力が松波君の身体《からだ》に流れ込んでいるんだが。

「……なんですか……ん、おお？　身体がすごく軽くなったような……」

「悩み自体は心の問題ですが、それに引きずられて身体が疲れていると余計ダメになりますからね。我が家に伝わる活力アップの秘術ですよ」

「あはは、相羽先生ってそういう面白いところがあるんですね」

白根さんが口をおさえて笑う。まあ冗談だと思うよなあ。

「いえ白根さん、本当にこれは効きますよ。相羽先生、ありがとうございます。これで少しは頑張れそうです」

「頑張らないで適当に流しとけばいいんですよ。真面目にやりすぎるとバカを見ることも多いですから」

俺の言葉によほど実感がこもっていたのだろう。松波君は神妙に頷いた。

「ええ、そうします。なんか悩んでいたのがバカみたいに思えてきました。やっぱり身体が疲れているとどこまでもネガティブになりますね」

「松波先生本当に別人みたいになってません？　え、さっきの本当に効いたんですか？」目を丸くする白根さんに松波君が「本当です」と言うと、白根さんは俺にキラキラした目を向けた。

「相羽先生、私が疲れた時もやってもらっていいですか？　最近寝ても体力が完全に回復してない気がして悲しいんです」

「いいですよ。多用すると逆に身体に良くないので、どうしても辛《つら》くなった時に言ってください」

「やった、ありがとうございます。その時はお願いしますね」

うん、こんな怪しい話をさくっと信じてしまうのもどうかと思うが、松波君の復活具合に説得力があったということにしよう。

その時後ろの方で「私と同じ力……？」という小さな声が聞こえたが、俺が振り向いた時には、中等部の生徒の後ろ姿が遠くに見えるだけだった。

アパートに戻って晩飯を食い終わり、さて食後のトレーニングでも始めるか、というところでスマホが鳴った。

電話だが着信番号は未登録のものだ。生徒の親とかだろうか。少しビビりながら通話の操作をする。

「はい、相羽です」

『あっ、先生ですか!?　双党かがりです』

「おうどうした？」

『助けてください。今ちょっとピンチなんです』

「金はないぞ」

『違いますぅ。CTエージェントに囲まれちゃって動けないんです』

「それマジメにピンチじゃないか。場所は？」

『地図送りますので。そこの一番大きな建物の二階にいます』

「ここか。五分で行く」

しかし青奥寺の次は双党か。まあ教え子の命がかかってたら助けないわけにはいかない。

『教師』としても『勇者』としても、だ。

俺はアパートの窓から身を躍らせると、『風魔法』を全開にして地図に示された場所に向かった。

◆

双党に指示された場所は、海沿いの森に囲まれた、どこかの企業の研究施設のようなところだった。

上空から見るとその敷地は明蘭《めいらん》学園並に広く、周囲は高いフェンスで囲まれているのがわかる。

敷地内には大小の建築物が並んでいるが、その中にひときわ大きい三階建ての白い建物がある。双党はそこにいるのだろう。

その建物の二階の窓に近づいてみると、中から銃撃の音が散発的に聞こえてくる。

感知スキルで走査《スキャン》すると中央の部屋に一人誰かいて、その周囲を二十以上の何かが包囲している。ちなみに動きを止めている人間……当然死体だろう……は建物全体でその倍くらいいるようだ。

さっきの電話からすれば囲まれてるのが双党で、周りは『クリムゾントワイライト』のエージェントということだろう。

ＣＴエージェントが一か所に集まり始めているのは、多少の犠牲を覚悟で一気に正面突破を仕掛けようとしているのか。双党の言う通り彼らが人形のようなものだとしたら十分に考えられる戦法である。

「急ぐか」

俺は魔法で窓を溶かし、建物の中に侵入した。

ＣＴエージェントが集まっている場所まで走り抜ける。もちろん『光学迷彩』と『隠《おん》密《みつ》』スキルは忘れない。

途中の通路は酷《ひど》い有様だった。ＣＴエージェントとこの建物の警備員らしき者たちの死体がいくつも転がっている。

『あの世界』でならいくらでも見たことのある光景……だがここは現代日本だ。元勇者としても驚くべき状況であることに違いはない。

「全く、ホントにどういうことなんだか」

しかもよく見ると倒れた警備員の手には銃が握られている。それも素人から見ても明らかに軍用とわかるものだ。とすればこの場所は国家的なレベルで守られている施設ということだろうか。

大きな通路に出た。奥に堅牢《けんろう》そうな金属の扉が見える。その手前にサブマシンガンを手にした黒ずくめの人間たちが集まっていた。

一応『アナライズ』してみる。

クリムゾントワイライトエージェント　タイプ1

――人間に近い身体構造を持つ人造の生命体

意志はなく命令に従って行動する

特性
なし
スキル
格闘　射撃

なるほど確かに双党の言う通り、彼らは人形のような存在のようだ。ならば遠慮は必要ないな。

俺はミスリルの剣を取り出すと『高速移動』スキルを発動。ＣＴエージェントの間を一気に駆け抜けすべてのエージェントの首を刎《は》ねる。

文字通り糸の切れた操り人形のように倒れるエージェントたち。

彼らが動き出さないのを確認してから、俺はスマホを取り出して双党を呼び出した。

『先生っ、今どこですか!?』

「全部やっつけたぞ。もう大丈夫だ」

『へっ!?　音が聞こえませんでしたけど』

「一瞬で終わったからな」

通話を切ると、金属の扉がゆっくりと開いた。中から出てきたのは特殊部隊っぽい装備に身を包んだ、小脇に銃を構えた小さな人影。

その人影は俺を見ると、銃口を下ろして目出し帽をとった。双党《そうとう》のくりくりした目にはちょっと涙が浮かんでいるようだ。

「ふえぇ～、さすがにダメかと思いました～」

双党はふらふらと俺のところに歩いてくると、そのまま俺に抱きついてきた。

細い身体が震えているのは気のせいではなさそうだ。いきなり教え子に抱きつかれて戸惑ったが、なんかしないといけないっぽいので背中をさすってやることにした。

「あ～、もう大丈夫だから。しかしなんで今回はこんな急な任務なんだ？」

「襲撃の情報が入ったのが直前だったんです。大規模な動きなのはわかってたんですけど、動けるのが私しかいなくて」

「だからってこの数相手に一人は無茶だろ」

「でも今回は絶対に守らなければならないものがあったんです」

「お前の命以上に大切なものなんてないんだぞ」

と言って俺は双党の頭を軽く小突いた。こういう奴《やつ》は『あの世界』でもいたが、大抵は上に利用されてるだけだったりするんだよな。双党はそうではないと思いたいが……

小突かれた双党はしばらくキョトンとしていたが、なぜか急にクスクスと笑い始めた。

首無し死体がごろごろしてる中で笑えるのはなかなかに神経が太い。

「ありがとうございます。大丈夫です、私も死ぬつもりはないですから。でも今回はちょっと見通しが甘かったなって」

「全く、俺がいなかったらどうしてたんだ」

俺が溜息をつくと、双党はペロリと舌を出した。

「実は美園《みその》が先生に助けてもらってるっていうのを聞いて、私も助けてくれるかなって期待してました。ごめんなさい」

「お前なあ……。まあそういうことなら後でしっかりとお礼はしてもらわないとな」

「えっ!?　もしかして身体で払うとかですか!?」

俺は両の拳で双党のこめかみを挟んでグリグリした。

「痛い、痛いですぅ、あぁ～」

「そういうことは冗談でも言わないように」

「はいぃ……」

「ところで双党は何を守ろうとしたんだ？　そこの部屋にあるのか？」

「ええ、ありますけど……」

俺は金属扉を開けて部屋の中を覗《のぞ》いてみた。しかしそこにあるのは、さらに頑丈そうな金属製の扉……巨大金庫の扉だった。

「ずいぶん厳重だな。中には何が入ってるんだ？」

俺が振り返って聞くと、双党はちょっと困ったような顔をして、すぐに諦めた顔になっ

て答えた。

「どうせその内わかっちゃうかもだから言いますね。その中には『深淵《しんえん》の雫《しずく》』が納められているんです。この施設は『九神《くかみ》』系列の研究所なんですよ」

◆

翌日の昼休みに俺がコンビニ弁当を食べていると、山城《やましろ》先生が心配そうな顔で隣の席に座った。そこは学年主任の熊上先生の席だが、熊上先生はまだ退院の目途《めど》が立たないらしい。

「相羽《あいば》先生、今日もちょっとお疲れのようね。昨日眠れなかったんじゃない？」

「ええ、昨夜ちょっと考えごとをしていたら寝るのが遅くなってしまいまして」

「あら、もしかして悩みごと？　授業も頑張ってると思うし、担任の方も立派にやってもらって助かっているけれど、部活もあるしやっぱり忙しいわよね」

「ああ、そちらは今のところ大丈夫です。ちょっと個人的なことで悩んでるだけなので、相談するようなものでもありませんし」

「そう？　あ、もしかして彼女関係とか？」

そう言って山城先生はいたずらっ子のような笑みを漏らす。なぜこの人は動作すべてにちょっと淫靡《いんび》な感じが漂うんだろう。

「いえいえ、そんなゼイタクな悩みならむしろ笑顔になってますよ」

「うふふ、相羽先生ってそういうところがカラッとしてるから生徒も安心できるのね」

「あはは……」

今のどういう意味なんだろう。一見褒められているようで、実は男としてはかなり低い評価をされたような気もする。

まあいいか。さすがに青奥寺《あおうじ》家と九神家と、さらに国際的犯罪組織と双党の後ろにある機関が『深淵』関係でつながってて、その上九神に怪しい動きがあるから悩んでましたとは言えないからなあ。

「実は私も娘のことではよく悩むのよ。そろそろ親の言うことも聞かなくなってきて、スマホとかも欲しがってきて」

「娘さんはウチの初等部にいらっしゃるんでしたよね？　そうか、もうスマホを欲しがるんですね」

「そうなのよ。確かに便利だから渡してもいいんだけど……」

と世間話が始まったところで、職員室の扉が開いた。

入ってきたのは小動物系ツインテール少女。双党はすこし慌てたような表情で俺のところにやってきた。

「相羽先生来てくださいっ。美園が世海《せかい》さんと屋上で言い合いをはじめちゃったんです」

「ええ……？」

ちょっと、いきなり何が始まったの？

俺が山城先生と双党とともに屋上へ行くと、そこには確かに青奥寺と九神がいた。黒髪ロングと金髪ロールが向かい合っているのは本当に絵になるが、お互い顔に険があるので美少女っぷりが台無しである。特に青奥寺の目つきが殺し屋レベル……はさすがに悪いか。

「気を付けてって言ったのに、昨日の話はどういうことなの世海？」

青奥寺の声には怒気が感じられる。いつも冷静な感じなのに珍しい。

「それについては私が口出しできる範囲の話ではなかったと言っているでしょう？」

対する九神の声はまだ涼しげだが、かすかな苛立《いらだ》ちはやはり隠せていない。

「だけど注意をすることぐらいはできたはず。もしかしてわざと手薄にしたとか、そんなことをしてたんじゃない？」

「ふざけないでくださる？　そんなことをする理由が九神にあるはずないでしょう。こちらも上の信頼を得てやってきているの。バカにしないで」

「かがりに助けてもらっても守り切れなくなるレベルの警備をしてたら信頼なんてなくなると思うけど」

「それは美園に言われるようなことではありませんわ」

「友達が危険な目にあってる以上、文句を言う権利はあるでしょう？　こちらは命がかかってるってわかってるの？」

「うるさいですわね。こちらにも事情というものがあるんですの。何も知らない身で口を出さないでいただきたいですわ」

「だったら口を出さないで済むようにして欲しいのだけど。この間の夜だって、怪しいことしておきながらこそこそ逃げておいて――」

ああ、なんとなく二人の諍《いさか》いの理由はわかってきたような感じだな。とはいえあまり学校で話していい内容でもない。

幸い今は屋上には誰もいないけど、一般の生徒に聞かれたらさすがにマズいだろう。

俺は二人の間に入って手をパンと叩《たた》いた。

「とりあえずそこまで。こんな場所でいったい何をケンカしているんだ？」

口論を止めたのが俺だとわかると青奥寺はハッとした顔になり、すぐに視線を横に逸《そ》らして「すみません……」と口にした。

一方九神の方は、「止めるのが遅いですわ」と言わんばかりの顔である。いかにもお嬢様が庶民を見下すみたいな視線付きだ。

取りつく島がなさそうな九神の方は担任の山城先生が近寄って、

「九神さん、お話を聞かせてね」

と言って連れて行ってくれた。

青奥寺の方はまだ視線を逸らしたまま俺の言葉を待っている。

「あ～、落ち着いたらちょっと話を聞かせてくれ」

「わかりました……」

青奥寺が頷《うなず》く。それを聞いて双党が俺の袖をつかんだ。

「先生、美園は私のことで怒っちゃったみたいなんです。だからお説教はなしでお願いしますっ」

「さっきのでだいたい事情はわかってるから大丈夫。双党、もし青奥寺が次の授業に遅れるようなら、授業の先生に担任に呼び出されてるって伝えておいてくれ」

「はい、わかりました」

「じゃあ行くか」

俺は青奥寺を連れて『生活相談室』へ向かった。

『生活相談室』で椅子に座ると、青奥寺はうつむいて動かなくなってしまった。自分のしたことを思い出して考えるところがあるのだろう。

とはいえ教師としてはそのままというわけにもいかない。

「双党に話を聞いたのか？」

「はい、昨夜のことを聞きました」

青奥寺は少し顔を上げて、俺の方を見た。

「しかしそれと九神との口論はどうつながるんだ？」

「それは……先生もご存知なんですよね？　あの場所に何があったのか。そしてあの場所がどういう場所なのか」

「『深淵の雫』があって、あそこが九神の研究所だということは聞いた」

「そうです。『深淵の雫』はかなり貴重なもので、狙っている人間は多いんです」

「双党《そうとう》が戦ってる連中も含めて、ということか？」

「はい、それは私たちには常識の話なんです。今回あそこが襲われたのも、ここのところ『深淵の雫』の数が増えたからです」

「なるほど……」

「だからキチンと守らないといけないのに、かがりに頼って適当な警備をして、それで危険な目に……」

「だから九神に文句を言ったのか？」

「『深淵の雫』が増えたのも最近の『深淵獣』や『深淵窟《しんえんくつ》』の発生率の高さが原因です。この間の感じだと、九神さんはそれに関係してる可能性がありますから」

「ああ、まあそう見えるよな」

だいたい予想どおりの動機だな。しかし青奥寺たち三人は互いの秘密をかなり深くまで共有してるようだ。

「ふむ、友人が危険な目にあわされて……という気持ちはわかる」

「はい」

「しかしちょっと思慮が足りなかった、というのは青奥寺ならわかると思うが」

俺がそう言うと、唇を噛《か》むような感じで少し悔しそうな顔を見せた。

「……はい。自分でもそう思います。感情に流されてしまいました。九神さんも本当はどうかかわっているのかはわからないのに……」

「そうだな。あくまで状況証拠でしかないし、その証拠もかなり曖昧なものだったしな」

「はい……」

表情を見る限りかなり落ち込んでいるようだ。青奥寺はどちらかというと普段は冷静で理性的って感じだしなあ。その状態に戻れば、感情的になってしまった自分は恥ずかしく思えるのかもしれない。

「そうだな……まあ自分でわかってるならいいんだ。ただ、青奥寺が今回あんな態度にでたのは、他の理由もあるんじゃないか？」

「え？　他の理由……ですか？」

「相手が九神だったから、ということはないか？」

そう指摘すると、青奥寺は少し思案顔をして、何かに気付いたかのように顔を上げた。

「それは私が世海……九神さんに対抗心を持っているから、ということですか？」

「人が普段と違う行動を起こすときには、自分でも気付かない色々な原因が潜んでいるものなんだよ」

と教員の研修で聞いたんだよな。その時はなるほどと思ったが、青奥寺なら理解できるだろう。

「……確かにそうかもしれません。でも、そういう気持ちを攻撃にもっていったらダメですよね」

「そうだな。ライバル心は大切だけど、それをどう行動に出すかは考える必要があるんじゃないかな」

どうやら一応納得してくれたのか、青奥寺は「はい」と言ってくれた。

「その辺りをわかってくれれば大丈夫だ。さて、この後もしかしたら九神と話し合いの場をもう一度設けるとかそういう話になるかもしれないんだが、青奥寺はできるか？」

「その場合は私が謝る形になるんですよね、先に責めたのは私ですし」

「そうなるだろうな」

「大丈夫です。九神さんとは言い合いは昔からよくあったので、その後のことも慣れてますから」

「あ、そうなの……」

というわけで、俺の初めての生徒指導はなんとなく終わってしまった。

その後青奥寺と九神を引き合わせて「はい仲直り」みたいなことをやったが、本人同士もいつもの儀式みたいな感じなので、俺と山城先生は密《ひそ》かに顔を見合わせて苦笑いしていた。

というわけでこれで終わりかと思っていたのだが、山城先生に「一応青奥寺さんのお家《うち》にも連絡はしておいてね」と言われてしまった。

考えてみればその通りで、こういったことに関しては家庭との連絡は密にしないといけない。

それはいいのだが、青奥寺家に電話をした結果、なぜか急に二回目の家庭訪問をすることになってしまった。

「何度も急にお呼びだてして申し訳ございません。この間も美園《みその》を助けていただいたようで、本当にありがとうございます」

と応接間で挨拶をするのは青奥寺の母上の美花《みか》氏。もちろん本人と父上の健吾《けんご》氏も同席である。

「いえ、大切なお話があるとのことでしたので構いません。美園さんを助けたのも担任ですから当然と思ってください」

「ありがとうございます。助けていただいた分の礼は必ずいたします」

「そちらはあまりお気遣いなさらないでください。ところでお話というのは？」

「はい、お話ししたいのは私たちと九神《くかみ》家の関係についてです。先生には知っていただいた方がよろしいかと思いまして」

と俺の方を窺《うかが》う美花氏の目には意味ありげな雰囲気がある。俺が九神家の研究所でやったことまで双党～青奥寺経由で聞いているのかもしれない。

「そうですね、お聞きしておいたほうがいいようです」

「ええ、それでは――」

と言って聞かされたのは、
・九神家は『深淵《しんえん》の雫《しずく》』を加工することを裏の生業《なりわい》とする家である。
・青奥寺《あおうじ》家は『深淵の雫』を九神家に買い取ってもらっている。
・両家ははるか昔から関係があり、仲がいい悪いは時代によって変わる。
といったことであった。

九神家が『深淵の雫』を何に使っているかまでは知らされなかったが、どうやら権力者とかなり強い結びつきがある家らしい。

まああの研究所の警備員が銃を持っていた時点で察しはついていたけど。

「美園さんと九神世海《せかい》さんの関係も、両家の関係が微妙に影響しているという訳でしょうか？」

「本人たちに自覚があるかどうかはわかりませんが、ないとは言えないでしょうね。小さい頃は仲が良かったんですけどねえ」

とそこだけは母の顔になって娘の顔を見る美花氏。健吾氏もあいづちを打つが、当の本人はそっぽを向いている。

「わかりました。当人同士は今回もある程度は一線を守って言い合っている感じでしたので大丈夫だとは思います。ただ、美園さんが口にしていた九神家の動きについては……」

俺がそこまで言うと、美花氏はきゅっと眉を引き締めた。

「実はそのことなのですが、先生はどこまでご存知でしょうか？　非常に特殊なお力をお持ちのようですし、私たちが知り得ないことまで気付いていらっしゃるのではありませんか？」

「はあ。いえ、私はそこまでの人間ではありませんので」

勇者って基本脳筋だし、別に情報収集や分析能力に長《た》けてるわけじゃないからなあ。経験から察するのは得意だけど、それって結局ただの勘だし。

そんなことを思ってると、美花氏が目つきで「でもなにか察しますよね」みたいに伝えてくる。なにか言わないと許してくれない流れっぽいなこれ。

「……そうですね、やはりここ二回の『深淵窟《しんえんくつ》』で『深淵核』が見つかったこと、二回目の現場に九神世海さんが現れたことから考えて、九神家の何者かが『深淵窟《しんえんくつ》』を発生させたと見ていいと考えています」

「ええ、そうですね。しかも世海さんは誰がやったのか知っていそうだったとか」

「そう聞こえましたね。どうやら証拠集めをしてたようでした」

あの時九神は「あの男はまたやるでしょうし」と言っていた。

「あの男」というのがビルの最上階にいたナルシスト男だというのはほぼ確定だ。つまり九神はそれを知っていて糾弾するための証拠集めをしていた、と考えるのが妥当だろう。

まあ九神がもっと腹黒くて、男の弱みを握ってさらなる悪事を働く、という可能性もなくはないが。

ただこのことを青奥寺家に伝えてもいいものかどうかは悩ましい。もっとも伝えたとして、あちら側の問題に手出しはできないだろうけど。

「先生は、九神家の中でも一部の者が今回の件を引き起こしていると考えていらっしゃるのですね」

「ええまあ。九神世海さんも明蘭《めいらん》学園の生徒ですし、教師としては彼女がそういった危険なことをするとは信じたくないというのもあります」

「そうですか……。世海さんは九神家の直系の跡継ぎと目されています。今回の件に彼女の側《がわ》が関わっていないというなら青奥寺家としても助かるのですが」

美花氏が目を伏せると、青奥寺が横から口を出した。

「お母さん、私も世海が『深淵窟《しんえんくつ》』を作ったとは思ってないから。今日文句を言ったのは『深淵の雫』の管理がずさんだったからだし」

警備員に銃を持たせていたくらいだからずさんということもないだろうが、確かに数が少なかったような気もするな。『クリムゾントワイライト』に狙われる可能性を考えていなかったのか、それとも……いや、そこは今俺が考えることではないだろう。

まあともかくも、ちょっと雰囲気が重くなってしまった。

そろそろ切り上げさせてもらうか……と考えたところで、俺の首筋にピリッと来た。

同時に青奥寺のスマホが鳴ったので少しだけビクッとしてしまう。

「えっ、世海から？　すみません、ちょっと電話にでます」

と言って青奥寺が席を外した。廊下で通話を始めたのだろう、二言三言しゃべったかと思ったら、急ぎ足で応接間に戻ってきた。

「『深淵獣』が急に現れたって世海から今連絡が！　乙が少なくとも三体いるって！」

◆

青奥寺を背負って飛ぶこと五分ほど、例の九神の研究所の敷地上空に俺はいた。

下を見ると、確かにカマキリ型の『深淵獣』が三匹、研究所の建物に囲まれた場所で暴れている。

どうやら何かを攻撃しているようで、三匹が集まってしきりに鎌を振り下ろしている。

しかしその鎌は見えない壁か何かに阻《はば》まれているようだ。どうも攻撃されている人物が結界か何かを張っているらしい。

俺は『深淵獣』の後ろに着地して青奥寺を下ろしてやる。緊張していたせいか慣れたせいか、今回はそこまで酔っていないようだ。

「戦えるか？」

「……はい、大丈夫……です」

一匹が俺たちに気付いて鎌を振り上げて襲い掛かって来た。

青奥寺が反応し、すれ違いざまに鎌を一本斬り落として、そいつを自分に引き付ける。

「先生は残り二匹をお願いします！」

と言ったのは、残り二匹が上位種なこともあるのだろう。

二匹の方に近寄っていくと、襲われている人間がはっきり見えた。

青奥寺に電話をしてきたのだから当たり前の話だが、そこにいたのは金髪縦ロールお嬢様の九神世海と、あの時一緒にいた執事氏だ。

どうやら執事氏が結界のようなものを張っているらしく、両手で『深淵の雫』を持って精神集中をしている。ちょっと苦しそうな顔をしているので限界が近そうだ。

俺はミスリルの剣を取り出して『高速移動』、こちらに背を向けていた一匹の首を落とす。やっぱり防御力に難があるな。

もう一匹は俺に気付いて俺の方に向きを変え、鎌を高速で振り回してきた。

といってもすでに一度戦っているので相手にもならない。カウンターですべての鎌を斬り落としてやり、残った首を真っ二つにして討伐完了だ。

青奥寺の方を見ると、すでに三本の鎌を落として勝負はほぼついた感じになっていた。

見る間に最後の鎌を斬り飛ばし、噛みついてきた頭部を、『疾歩《しっぽ》』と同時の一閃《いっせん》で両断していた。

俺が見せた技をすでにものにしているようだが、ちょっと上達が早すぎる気もする。結局乙型を一人で倒してるし。勇者が先生だから、ということにしよう。

俺たちが『深淵獣』を全滅させると、九神と執事氏がやってきた。執事氏はかなり消耗しているようだが、それでも姿勢を崩さないのはプロフェッショナルな感じである。

「乙型の上位種二体を一瞬で倒すなんて、これほどの手練《てだ》れが青奥寺家にいらっしゃったとは驚きましたわ……え？」

そう言いながら九神はお嬢様っぽく髪をかき上げ、そして俺の顔を見て目を見開いた。

「貴方《あなた》は学園の……一組の相羽《あいば》先生……？　なぜ先生が美園と一緒に戦っていらっしゃるんですの？」

後半は青奥寺に向けた言葉だ。青奥寺はなぜかちょっとだけ誇らしそうな顔をして答えた。

「相羽先生は信じられないくらい強い人で、今お願いして助けてもらってるところなの」

「助けてもらってるって……先ほどの強さは青奥寺家から見ても異常なのではなくて？」

「それはそう、訳がわからないくらい強い。でも担任の先生だし大丈夫」

「はぁ？」

と九神が妙な声を上げるが、まあ確かに「担任だから大丈夫」というのは意味不明だよな。ただ青奥寺としても俺のことをきちんと説明するのは無理だろう。

青奥寺との会話では埒《らち》があかないと思ったのか、九神は俺にずいっと近寄ってきた。

「青奥寺家の方でないなら、いったい先生は何者なんですの？」

「俺は異世界帰りの元勇者だ。担任だから青奥寺を助けてるだけで、それ以上のことはない」

と正直に答えたのだが、やはり「秘密ということですのね」と片づけられてしまった。

まあいいけどね。

俺に対する追及を阻むためか、青奥寺が俺と九神の間に割って入った。

「ところでこの状況はどういうこと？　私にあんな電話をかけてくるなんて初めてじゃない。しかもここって九神家の研究所よね」

「ええ、この間賊に襲われた場所よ。状況については見ての通りだけれど。私がここに来たら『深淵獣』の出現に出くわしたというだけよ」

「そんな言い訳が通じるわけないでしょ。あんな強力な『深淵獣』があなたの前に現れるのが偶然だなんて誰も信じない。あなたは『九神』なんだから」

青奥寺が目つきを鋭くすると、九神もそれに負けず劣らずの強い眼力《めぢから》で返す。

「……それは私が先ほどの『深淵獣』を召喚したと言いたいんですの？　召喚した『深淵獣』に襲われるような愚か者だとでも？」

「あなた以外にも召喚できる人はいるでしょう？　何を隠しているの？　討伐するのはこっちなんだから、関係ないとは言わせないから」

「……それは確かに……そうですけれど」

痛い所を突かれたのか、眼を逸《そ》らして黙り込む九神。

しかしさすがにこの件に関してはダンマリだと青奥寺も納得はできないだろう。しかし九神《くかみ》の方も身内の恥的な話なのでしゃべれないなんてパターンっぽいな。生徒同士がいがみ合うのを教師としては放っておけないもんな。

しょうがないからここは勇者の調停力を発揮してやるか。

「あ〜、九神さん？　今回君が『深淵獣』に襲われたのが偶然ではないというのなら、可能性は一つしかない。君はここに『深淵獣』が召喚される、もしくは『深淵窟《しんえんくつ》』が作られるという情報を聞いて直接確認しに来た。そしてここに来た途端上位の『深淵獣』に囲まれピンチになった。このパターンだ」

「なんでそう見てきたように言えますの？」

九神は咎《とが》めるような目で俺を見上げるが、その態度で図星とわかる。

俺は九神の問いを無視して続けた。

「しかしそれならまだ隠すには至らない。君は自分が九神家の誰かに命を狙われた、そう考えているんだろ？　だから隠す。身内のいざこざなんて他人には口にできないからな」

「先生は妄想がたくましいのですのね」

九神はかぶせるように嫌味を言ったが、一瞬だけ瞳に動揺が走ったのを見逃すような勇者でもない。『あの世界』じゃ権力者や貴族の面倒ごとなんかにもさんざん巻き込まれたからな。この程度のお家事情なんて見抜くのはたやすい。

それにこっちは結構な情報を握ってるからな。

「九神建設の社長か、怪しいのは？」

ここまでポーカーフェイスを保っていた九神だが、さすがに激しく動揺して眉を吊《つ》り上げた。ついでに後ろで微動だにしなかった執事氏も目を見開いている。

「……っ!?」

「なぜそのことを……いえ、何を言っているのかわかりませんわ」

「『九神　藤真《とうま》』さんだったか？　君のお兄さんなんだろう？　家族の問題に口を出すつもりはないけど、さすがに人の命がかかるレベルだと無視もできないかな。君は明蘭学園の生徒だし」

名前とか兄とかいうのはすべてネットから拾ったものだ。社長の名前なんて普通に会社のサイトに出てるしな。彼がどんな人間かなんてすぐわかった。

さすがにそこまで言われると九神も多少は観念したようだ。溜息《ためいき》をつきつつ俺を疎ましげに睨《にら》んだ。

「なぜ先生がそのことをご存知なのかは聞いても教えてはもらえないのでしょうね」

「たまたま誰かが『深淵窟《しんえんくつ》』を発生させているところに出くわしてね。後をつけたら九神建設の社長が出てきたんだ。儲《もう》かるのに誰もやらないから俺がやる、みたいなことを言っていたぞ」

「そんなこと簡単にできるはずが……いえ、先生は普通の人ではないのでしたわね。それに今の話、確かに兄の言いそうなことですわ」

「そう思うなら早く止めて欲しいんだが。できない理由があるのか？」

「証拠がありませんもの。そういうところだけは昔からそつのない人でしたし。しかし今回の件はさすがに私としても見過ごせませんから対処はいたします」

「そうしてくれ。命を狙われたとすれば注意はした方がいいが。何か助けはいるか？」

「助けてくださるの？」

「教師としては助けるのが普通だろ」

「……ありがたいお申し出ですけれど、今は遠慮いたします。先生がおっしゃった通り、家族の問題ですので」

そう言うと九神は少し寂しそうな眼をした。兄に命を狙われたかもしれないのだから当然だろう。

その姿に何か感じるところがあったのか、青奥寺《あおうじ》が横から声をかけた。

「もし今回みたいな事が起こりそうなら連絡してよ」

「美園《みその》……、ええ、そうさせていただくわ。今回も頼ってしまってますからね。お礼は必ずいたしますわ」

「私はいらないけど先生にはお願いね。先生がいなかったら間に合ってなかったし、そもそも上位種はまだ私には無理だから」

「わかりましたわ。しかし美園もいつのまにか乙を一人で倒せるようになっているのですね。負けていられませんわね」

とか言いながら、ライバル美少女二人が互いに不敵な笑みを浮かべながら見つめ合っている。今回青奥寺も呼ばれてすぐに助けに行こうとしたあたり、仲が悪いわけでもないんだろうな。

その姿を穏やかな目で見ていた執事氏が、腕時計に目をやってから九神に声をかけた。

「お嬢様、そろそろお戻りになりませんと」

「そうですわね。お二方はどうされますか？　よければ車でお送りしますけれど」

「ああ、飛んで帰るから大丈――」

「車に乗せてもらいましょう先生！」

「おう……!?」

襟首を摑《つか》まんばかりの青奥寺の迫力におされ、結局九神の高級車に乗って家に戻ることになったのであった。

――とあるお嬢様と執事の会話

「中太刀《なかたち》、例の人物の調査はどうなっているの？」

「は、調査部の伝手《つて》を頼って調べさせましたが、今のところ特に変わった点はないとのことですな。こちらが調査結果ですが、御覧になりますか？」

「見せてちょうだい。……ふぅん、地元の学校を出て、地元の大学の教育学部に進学、公立学校の試験には落ちて明蘭《めいらん》学園に採用になる……本当に何もない履歴ね」

「はい、彼のご実家の方も調べましたが、一般的な家庭で特に気になる点はなにもないとのことでございます。あれほどの力をお持ちである理由は今のところ見つかっておりません」

「空を飛び、乙型上位種二体をこともなげに倒した上に、こちらの内情まで見抜いてくる。私も九神として裏のある人間は多く知っていますけれど、あれほど不思議な人間は見たことがありませんわ。勇者などと言っていたけれど、なにか化かされてでもいるのかしら」

「いえ、この私もこの目で見ましたので決して幻ではございません」

「……とすると、もしかしたらこの履歴の人物とは別の人間が『相羽　走《はしる》』を名乗っているということかしら。それが一番つじつまが合いそうな気がしますわね」

「なるほど、さすがお嬢様、鋭い着眼点かと思います。サンプルを採取して家族とのつながりがあるかどうかDNA鑑定に回してみるのがよろしいかもしれませんな」

「可能ならやってもらえる？　兄のやっていることはあまりに危険だけれど、相羽先生のような人間がいるのなら現実的に可能なアイデアになるかもしれない」

「お嬢様、それは……」

「もちろん九神のタブーを犯すつもりはないわ。ただ選択肢は多いに越したことはない、違うかしら？」

「その通りでございますな。ところで藤真様については……」

「さすがに今回の件はちょっとおかしいわね。いくら兄が当主の座を狙っているとはいえ、すでに策を弄している以上、危険を冒して私を排除する理由がないわ。私を物理的に排除するつもりなら『深淵核《しんえんかく》』なんて持ちだす必要もないのですから」

「とすると、別にお嬢様の排除を狙った者がいる、と？」

「その可能性があるということ。もしいるなら、その者は兄とつながっている可能性もあるでしょう」

「とすると、藤真様の周囲も調べさせないといけないということになりそうですな」

「そうね。泳がせて兄の尻尾を摑めばいいと思っていたけれど、これ以上美園に嫌味を言われるのも困りますし、いったんはお父様に釘《くぎ》を刺してもらいましょう。もしかしたらそれで黒幕が動くかもしれませんし」

「なるほど、それがよろしいかと存じます。やはりお嬢様が当主にふさわしいと感じざるを得ませんな」

「兄がもう少ししっかりしていれば、いえそれよりも姉様がいらっしゃったら私の出る幕なんてありませんのに……。美園みたいに友達と楽しくお話しする普通の高校生活を送りたいものですわ」

――とあるの生徒たちのＳＮＳ

リリ「二人ともあの後先生について何かわかったことはあった？」
みそ「私は結構一緒に行動することがあったけど、とにかく強いという他はべつに」
加賀「私助けてもらったのに戦う所全然見られなかった。気付いたら終わってたし」
リリ「それはどういう状況だったの？」
加賀「ＣＴエージェントに囲まれちゃって、部屋にたてこもりながら先生に助けてって連絡したんだよね。そしたらすぐに駆け付けてくれたんだけど、終わったぞって言われて部屋から出たらＣＴエージェントが全員首を落とされてた」
みそ「本当に危機一髪だったんじゃない。でも首を落とすって、先生って容赦ないんだ」
加賀「一応前にＣＴエージェントは人間じゃないって言ってあったからかも」
リリ「戦う時は容赦がないという感じはする。かなりの実戦を経験してるのは確か」
加賀「ところでみそって何回も先生と一緒に空飛んでるんでしょ。私まだ一度もしてもらってないのにズルいよね」
みそ「代われるなら代わりたかったけど」
加賀「リリと同じでお姫様抱っこしてもらったんでしょ？」
みそ「さすがにそれはないから。背負ってもらっただけ」

加賀「ええ～つまんない。でもその方が先生ラッキーだったんじゃないかな」
みそ「どうして？」
加賀「だって背中にみそのアレが当たるでしょ。かなり大きめだしね、みそのは」
みそ「」
加賀「あれ？　みその反応がなくなっちゃった」
リリ「みそはそういう話は苦手だから。でもどうせ先生はそういうの気にしてないと思う」
加賀「どうしてそう思うの？」
リリ「表面上平気なフリをしてるけど、女子に対して慣れてない感じがかなりする」
加賀「あ～それは確かに。この間抱き着いた時も挙動不審だったし」
みそ「は？」
加賀「あ、復活した」
みそ「それより抱き着いたってどういうこと？　説明して」
加賀「研究所で助けてもらった時、なんかほっとしてつい抱き着いちゃったんだよね。リリが言ってた通りすごい筋肉質だった。ちょっとあれはヤバいかも」
みそ「そういう問題じゃないでしょう」
みそ「加賀はもう少し警戒心をもった行動をしないとダメ」
みそ「先生だって男の人なんだし、何か間違いがあったらどうするの？」

加賀「わかってるからストップストップ！　それより先生のこと九神《くかみ》のお嬢に知られたのは大丈夫なの？」
リリ「彼女の家はかなりの諜報《ちょうほう》力を持っている。けど、正体をつかめることはないと思う」
加賀「リリの科学力でわからなかったくらいだからね。やっぱりホントに勇者なのかなあ」
みそ「すぐに助けてくれるところは勇者ってイメージはあるけど」
加賀「この間はお礼を要求されたから私はそういうイメージないなあ」
リリ「何を要求されたの？」
加賀「なんか交通安全の作文書けって押し付けられた。いくらなんでもちょっとひどくない？」
リリ「笑」
みそ「笑」

　どうも九神家の方は九神自身関わって欲しくなさそうなので、それ以上首をつっこむことはいったんやめることにした。まあもともと積極的に関わることでもないし、彼女の身に危険が及ぶようなことがあれば俺の勘が反応するだろう。

　というわけで平穏な教師生活に戻ったわけだが、放課後新良《にいら》の相手をしていて思い出したことがあった。

「なあ新良、この間『空間魔法』に入れた宇宙船、調べてみないか？」

「いいんですか？」

　組手の後に声をかけると、新良はいつもの表情に乏しい顔を俺に向けた。

「いいもなにも、新良にとっても調べないとマズい案件なんじゃないのか？」

「ええ、確かにそうですが、先生にお預けしている以上こちらの都合でお願いするのもはばかられて」

「柄にもなく変なこと気にするんだな」

　この間の強引な態度を思い出してそう言ったのだが、これは失言だったようだ。光はないのに威圧感はある目で睨《にら》まれてしまった。

「私が強く何かを要求するのは犯罪者相手だけですので」

「ああすまん、別に新良の性格がキツいとか言ってるわけじゃない。仕事に関することだから遠慮することもないだろうと思っただけだ」

「そうですか。それでいつです？」

「土曜の午前でどうだ。場所はあの山の採石場跡地でいいか。場所はわかるか？」

「ええ、わかります。では午前九時に」

と話がまとまったところで、それまで黙っていた青奥寺《あおうじ》が眼光鋭く割って入ってきた。

「今のは何の話ですか？　休日に女子生徒と会う約束をするのは不謹慎だと思います」

「あ、いや、まあそうなんだけど、新良の仕事関係の話だから……」

「それでも二人きりというのは良くないと思います。私たちの事情を知っている他の先生を入れるべきです」

「青奥寺の言うことはわかるんだけど、俺の力は今のところ他の先生には言ってないんだよ」

「え、そうなんですか？　それじゃ仕方ありませんね、私がご一緒します」

軽く溜息《ためいき》をついてそんなことを言い出す青奥寺。

「もしかして青奥寺も興味あるのか、宇宙船？」

「そうではありません。ただ先生と生徒の間で間違いが起こってはいけないと思っているだけです」

「美園《みその》はいつも先生と二人で行動してたと思うけど？」

新良の突っ込みはもっともだった。よく考えたら青奥寺と一緒にいる率はかなり高いんだよな。

「そうだけど、あれは仕方なくだから」

「その言い方は失礼だと思う。聞きようによっては嫌々一緒にいるみたいに聞こえる」

「そっ、そうじゃなくて、二人きりでいる状況が仕方ないって意味で……」

「じゃあ二人でいることは嫌ではないということ？」

「だからそれも違……ああもう、先生、勘違いしないでください、どちらの意味でもありませんから！」

「お、おう……？」

なんかよくわからないが最後はこっちに流れ弾が……。まあでも真っ赤になっているレアな青奥寺が見られたからそれはそれでいいか。


土曜日の九時、俺がトレーニング場にしている採石場跡地に行くと、なぜかそこには三人の女子の姿があった。

もちろん新良、青奥寺、双党《そうとう》の三人である。

「なんで双党もいるんだ？」

俺が聞くと、双党はぷくっと膨れた。

「こんな面白そうなこと、私も誘ってくれないなんてひどいと思いますっ」

「いや、これは新良に権限がある話だから、俺が誘うわけにはいかないだろ」

「でも美園も一緒なら、私を仲間外れにするのはないと思います。断固抗議します」

「いやでも作文で忙しいはずだし」

と言ったら、さらに膨れて俺の胸にポカポカパンチを繰り出してきた。

青奥寺と新良はそれを見て笑っているのだが……二人がキチンと笑っているのを初めて見た気がするな。双党はいつもニコニコしているが。

「はいはい、俺が悪かったから。ところで新良はいいのか？　結構な機密事項だと思うけど」

「ええ、美園とかがりは私の協力者ですから構いません。それに見ても理解できるものではありませんし」

「そんなもんか。よし、じゃあ宇宙船を出すぞ。ほら双党どいたどいた」

双党はすでにパンチをやめて俺の胸をさすり始めている。っていうか何してるのこの娘、まさか痴女？

「かがり、なにしてるの？」

「あっ、この筋肉をもうちょっと調べて……」

青奥寺が慌てて双党を引っ張っていく。なるほどただの筋肉フェチか、いい趣味だ。

俺は空き地に向き直って『空間魔法』を発動。地面に大きな黒い穴が現れ、それが上にのぼっていくと収納していた宇宙船が現れる。

新良はそれを平然と見ていたが、さすがに青奥寺と双党は目を丸くする。特に反応が大きいのは双党だ。

「先生っ、今のどんな技術なんですか!?」

「『空間魔法』っていって、ものを別の空間にしまっておく魔法なんだ」

「そんな技術聞いたことありませんけど!? ねえ、璃々緒《りりお》の科学力ならわかる？」

「いえ、銀河連邦のラムダ技術をもってしても先ほどの現象の再現は不可能だと思う」

「それって璃々緒的に放っておいてオッケーなの？」

「そう言われても、解析不可能だからどうしようもない。完全に未知の技術」

「ええ～っ！ 先生是非ウチの機関に！」

「はいはい、双党が国語で満点取ったらな」

「それ絶対不可能な奴《やつ》じゃないですか～。あっ、じゃあ私が先生の一日恋人になるっていうのはどうですか？」

「お前はなにを……」

「言っているんだ」と俺が言い終わる前に、青奥寺が双党の襟首をつかんで離れたところに連れていってしまった。

説教されている双党を横目に、新良は宇宙船に近づいて例のリストバンド型端末を操作しはじめる。しばらくすると宇宙船の横にあったハッチがバシュッという音とともに開き階段が伸びてきた。

説教が終わったのか、青奥寺と双党も戻ってきた。双党は反省した様子……でもないな。微妙にニヤけてるし。

「セキュリティは解除したけど、中には何があるかわからないから勝手に触らないようにして」

そう言いながら、新良は躊躇《ちゅうちょ》なく宇宙船の中に入っていった。もちろん俺たちも後に続く。

宇宙船の中は思ったよりも狭かった。新良によると二～四人用の船だそうなのだが、そんな小型の船で宇宙を旅できるっていうのも恐ろしい話だ。

と思ったら「いえ、実際には相当な数の非正規船が遭難してるはずです」とのこと。犯罪者だけに命がけで逃げているということらしい。

内部の設備は、いかにも乗り物という感じの操縦席と、六畳間にも満たないような生活室があるだけのシンプルなものだった。生活室はゴミや工具などが乱雑に散らかっていて、この船に乗っていた人間がロクでもない奴だったとわかる。

新良は一人操縦室で宇宙船の航海データなどを調べているようだ。

「思ったより面白くないね」

双党がそんなことを言いながら、生活室の壁や収納の取っ手などを触っている。

「勝手に触るなって璃々緒が言ってたでしょう」

「少しくらい大丈夫だって」

青奥寺が注意するが、双党は収納を開けて中のものを取り出したりをやめることはなかった。しかし日用品が見つかるだけで特に興味を引くようなものはないようだ。

俺も一応『アナライズ』とかしてみるが、意外と特別感のあるものはない。科学が進歩しても人間が必要とするものはそれほど変わりがないということだろうか。

「ねえ璃々緒、これって飛ばせないの？」

物色に飽きた双党がそんなことを言うと、新良は操縦席から生活室へやってきた。

「動かすことはできるけど、この星間クルーザーはかなり老朽化しているから危険。よくこんな船でここまで来たと感心するレベルだから」

「え～、そんなものなんだ。見ただけじゃわからないね。この部屋は汚いだけだし」

「逃亡した犯罪者が乗ってきた船だから。ただこの船、ブラックボックスが一か所ある」

「ブラックボックスって？」

「この部屋の隣にもう一つ小さな部屋がある。多分何かを隠してる場所だと思うけど、もしかしたらこの船は密輸船だったのかもしれない」

「えっ、じゃあその部屋調べよっ。なんか面白いものが入ってるかも」

「そうしたいけど開閉プロセスにアクセスできなかった。多分物理的に制御システムから切り離されてる」

「それじゃ物理的にこじあけるしかないってこと？」

「そうなると思う」

そこまで話をして、新良《にいら》と双党が二人して俺の方を見た。青奥寺は小さく溜息をついている。次に何を言われるのかはさすがに俺でもわかった。

「先生、お願いできますか？」

「先生のあの魔法で穴開ければいけますよねっ？」

「……場所はどこだ？」

まあ俺も興味あるしな。別に断る理由もない。

俺は新良が示した壁に手をあてて『掘削』の魔法を浅く発動した。

確かにそこだけやたらと分厚い金属板で仕切られている部屋だった。とはいえ勇者の『掘削』の前には無力である。すぐに直径一メートルほどの穴が開く。

「連邦捜査局のヴィブロハンマーより強力。しかも素手で……？」

「へぇ～、こうやって穴が開くんですね」

こんな時でも俺の能力チェックに余念がない新良と双党。青奥寺も興味深そうに穴を見ているが、三人ともちょっと距離が近いんだよな。双党に至っては俺の腕をすりすりしてるし。

「中を調べないのか？」

「私がやります」

新良が上半身を穴に入れてごそごそと中を探る。三十秒ほどで穴から身体《からだ》を引き抜くと、新良の手には試験管のようなものが握られていた。

試験管の中にはSF映画とかでよく出てくる妙に蛍光色な緑の液体が入っている。見るからに怪しいブツだ。全員の目がそれに集中する。

「それが何かわかるのか？」

俺が聞くと、新良は頷《うなず》いた。

「これは『違法者《イリーガル・ワン》』と関係があると言われている物質です。一説にはこれをさらに加工、投与して『違法者《イリーガル・ワン》』を作っているとも言われています。銀河連邦捜査局が出所などを含めて探っているものです」

『違法者《イリーガル・ワン》』とは、この間新良とともに逮捕した、ドラゴン並の生命力をもつ強化人間のことだ。

「要するに人体改造に必要な物質ってことか？　なんでそんなものがこの船に？」

「わかりません。今までこの星に来た犯罪者でこれを持ち込んだものはいません。ですからこの星に密輸しようとしたという可能性は低いと思います」

「そのつもりなら放置して暴れ始めたりはしないだろうしな。そうすると知らないでこの船に乗っていたということか？」

「可能性は高いですね。もしかしたらたまたま強奪した船がこれだったという可能性もあります」

「そんな映画みたいなことが……ありえなくもないか」

俺の周りにはフィクションを超えた女子がいるからな。そもそも俺自身がそうだし、ドラマチックな展開を否定するのは自己否定に近いんだよなあ。

「しかし出所不明の物質って面白いね。中身も正体不明なの？」

双党《そうとう》が目を輝かせて蛍光色の液体を眺めている。

「連邦の専門機関で調べても原材料が一部不明という話。試験動物にそのまま投与すると、奇形化して暴れたあと数時間で死に至るそう」

「怖っ」

と言ってのけぞる双党を青奥寺《あおうじ》が後ろで支える。

「不明ね。ちょっといいか」

俺は新良の手から試験管を取り、試しに『アナライズ』を発動してみる。

生体進化触媒『イヴォルヴ』

生物を特定方向に進化させるために使われる触媒

正しく使用するには複雑な工程が必要

惑星ファーマクーンで製造されている

原材料として『深淵《しんえん》の雫《しずく》』が必要

あ～、アナライズさんかなりヤバい情報持ってきましたね。そのまま話したらまた銀河連邦の独立判事さんに犯罪者の仲間扱いされかねないな。

しかし原材料が『深淵の雫』って、青奥寺や双党の方にまで関係するんじゃないのか。

いや、その惑星ファーマクーンとやらに『深淵獣』が出る可能性もあるか。

俺が眉間にしわを寄せていると、新良の切れ長の目に鋭利な光が宿る。

「先生、どうかしましたか？」

「ん？　ああ、いまコイツを魔法で調べたんだが、ちょっと気になることがわかってね」

「すみません、魔法で調べるというのはどういうことですか」

「いやまあそういう魔法があるんだよ。簡単に言えば、世界のどこかに集積されている情報を参照するって魔法なんだけど」

「は……？　データベースにアクセスするということですか？」

「イメージとしてはそんな感じだな。新良は理解が早くて助かる」

「いえ、全く理解はできていませんが……」

新良は難しい顔をしながら青奥寺と双党を見る。が、二人が無言で首を横に振ったので理解するのを諦めたようだ。

「……それについてはまた後で。それでどんなことがわかったのですか？」

新良があらためて俺の方にズイッと顔を近づけてくる。その瞬間彼女のリストバンドが耳障りな音を立てた。

新良が操作すると、リストバンドが空中に画像を映す。どうやら地球を宇宙から見た画像のようだが――

「強襲揚陸艦……!?　目標はこの船？　フォルトゥナ、アームドスーツトランス」

新良が例の銀鎧《ぎんよろい》姿になり、俺たちに向かって言った。

「正体不明の強襲揚陸艦がこの場所に接近しています。目的は恐らくこの船、というかこの積み荷。間違いなくこれを回収しにきた犯罪組織の部隊でしょう」

俺たちは外に出ると、近くの岩場に身を隠した。

もちろんそのままだと簡単に探知されてしまうので、『光学迷彩』スキル、『熱遮断』『音響遮断』魔法で欺瞞《ぎまん》している。熱や音で獲物を探すモンスターを相手にするときの魔法だが、宇宙人相手に使うことになるとは思わなかった。

感知スキルによると『光学迷彩』で姿を隠している船のような形状の『何か』が、宇宙船の近くに降りてきている。

着地はしない……というか大きすぎて着地する場所がこの採石場にないため、五十メートルほど上空で止まっているようだ。

「青奥寺、一応これを貸してやる」

俺は『空間魔法』から剣を取り出して青奥寺に持たせた。『ムラマサ』と俺が勝手に命名した日本刀っぽい異世界の片刃剣だ。

青奥寺はその剣を握り直して、白い刃をじっと見つめた。

「これは……強い力を感じます」

「このあと戦いがあるとしても銃の撃ち合いだから使うことはないと思うけどな。何もないと不安だろ？」

「ありがとうございます。落ち着きます」

うなずく青奥寺の横で双党が物欲しそうな顔をするので、やはり『空間魔法』からライフル銃に似た道具を取り出して渡してやる。

『魔導銃タネガシマ』（俺命名）という、充塡した魔力を魔法に転換して打ち出す魔道具だ。どっかのダンジョンボスのドロップ品だが、国に献上して量産されようものなら国家間のパワーバランスが崩れそうだったので死蔵していた一品だ。

「先生、これは何ですか？　銃、ですよね？」

「似たようなものだな。引き金を引けば先っちょから魔法が飛ぶ。勇者の魔力が充塡されてるからかなり強いぞ」

「勇者の魔力で魔法って言われても困るんですけど……でもちょっと面白そうかも。あ、照星も照門もないんですねこれ。ちなみに何発くらい撃てますか？」

「あ～多分二百発くらいは撃てるぞ。一発で五、六人くらいは吹っ飛ぶから注意してくれ」

「ええっ、グレネードランチャーとかそういう感じですか？　ちょっとヤバそう」

と言う割には嬉《うれ》しそうな双党。というかそわそわし始めてるので、ほっとくと試し撃ちをしかねないな。

「動きがあります」

新良が指差す先を見ると、上空の何もないところからいきなり人が降ってきた。強襲揚陸艦とやらから部隊員が降下してきたということだろう。数は三十人程、彼らは背中や足からジェットを噴射して、散開しながら地上に降り立った。パワードスーツのようなものを着て手には銃のようなものを持っているが、装備がバラバラなので正規兵でないことがわかる。共通しているのは首に黒い布を巻いているところだけだ。

「黒のネクタイ……フィーマクードの兵で間違いありません」

新良が銃を構えながら言う。

「フィーマクード？」

「銀河連邦内でも最大の巨大犯罪組織です。むしろ一つの国と言った方がいいかもしれません。『違法者《イリーガル・ワン》』を大量に生み出している組織でもあります」

「そりゃまた大層な連中だ。で、どうする？　放っておけば帰るか？」

「その可能性は低いと思いますが、一応様子を見てみましょう」

犯罪組織の兵士たちはそれなりに訓練された動きで宇宙船を半包囲していた。二名が開きっぱなしのハッチに取りつき、警戒しながら中に入って行く。

しばらくすると一人がハッチから顔を出して仲間を呼んだ。どうやら『積み荷』を発見したので運び出すつもりらしい。

仲間が三名ハッチに近づいていき、『積み荷』を受け取ると、ジェットを噴射して上空の透明な揚陸艦へと運んで行った。

このまま帰ってくれるとありがたいんだが……と思っていたが、どうやらその願いは叶《かな》えられなかったようだ。

上空の見えざる揚陸艦から二十機ほどの円盤……恐らくドローンだろう……が現れ、周囲に散っていった。

「やはり……！」

新良がヘルメットの向こうで歯がみするのがわかった。

「あいつら何を始める気だ？」

「彼らは裏切り者を許しません。恐らくあの船を奪った者を探して処刑する気でしょう」

「奪った者って、あいつはもう銀河連邦に送り返したんだろ？」

「ええ。ですから彼らは見つからないものを探すために、この星でろくでもないことをしでかすはずです」

新良の言葉を証明するように、揚陸艦から大きなロボットのようなものが五体降下してきた。初めて見るはずのそれになぜか強い既視感を覚える。

青奥寺も同じことを感じたらしく、近寄って耳打ちしてきた。

「先生、あれはもしかして乙型深淵獣では……？」

「やっぱりそう見えるよな」

採石場跡地でゆらゆら動きながら待機しているそのロボットは巨大なカマキリの形をしていた。カマのついた腕が四本、明らかに『深淵獣乙型』の特徴だ。身体《からだ》のあちこちに装甲のようなものが取り付けられているのでロボットに見えるが、よく観察するとむき出しの部分はやはり深淵獣のそれだ。

「深淵獣って、美園《みその》が戦っている化物のこと？」

双党が耳聡《みみざと》く聞きつけて青奥寺に身体を寄せてくる。

「そう。多分間違いない。でもなぜ宇宙人が深淵獣を連れて来ているの。璃々緒《りりお》知ってる？」

「いえ、初めて聞いた。あの兵器を見るのも初めて。格闘戦用のものに見えるけど」

「あれが本当に深淵獣だとすると、普通の武器がほとんど効かない恐ろしい兵器になると思う。街に出たら大惨事になりかねない」

「それならここで何とかしないといけない。けど、あの数を相手にするのは私でも……」

そこで三人は一斉に俺の方を見た。

……まあ確かに、こういうときのための勇者《オレ》ではあるんだよな。

「オーケーなんとかしよう。新良《にいら》、あの兵士たちは生かしておいた方がいいのか？」

「フィーマクードの兵はすべて監獄小惑星送りになります。監獄小惑星に入ったら生きて出ることはありません」

「つまりほぼ死刑確定ってことか？　なら遠慮しないでいいか」

「先生、深淵獣相手なら私も戦います」

「あっ、私もこの銃撃ちたいから戦います」

青奥寺と双党の目は真剣だった。いや双党は明らかに方向性が違うが。

「あ〜、じゃあ二人は深淵獣を相手にしてくれ。新良は兵士をやれるか？」

「問題ありません」

「上にいる強襲揚陸艦とやらが援護してくるとマズいから、俺は少し暴れたら上に行って制圧してくる」

言いながら、俺は三人に『アロープロテクション』の魔法をかけてやる。

「これは？」

「飛び道具用の防御魔法だ。勇者の守りだからミサイル一発分くらいは防いでくれるはずだ」

「個人用のシールドということですか？」

新良の質問に「そんなもんかな」と答えてやり、俺は『空間魔法』から黒い大剣『魔剣ディアブラ』を引き抜く。

「さて、じゃあ行ってくるから、三人は俺が空に飛んだら横から奇襲してくれ」

そう言って俺は岩場から出るとゆっくりと兵士たちの方に歩いて行った。万が一の確率で話し合いに応じないとも限らないからな。最初に交渉をするのは対人戦前の儀式みたいなものだ。

「あ～、皆さん、地球になにかご用でしょうか？」

「ナンダコイツハ？」

「原住民カ？　独立判事ジャネエミタイダガ」

兵士がそんなことを言っているのが聞こえる。

「もしそこの宇宙船が目的なら、すぐに持ち帰っていただいてこの星から退去していただきたいのですが」

「ヘンナ原住民ダナ。オイオマエ、オレタチハコノ船ニ乗ッテイタ奴《やつ》ヲ探シテイル。知ッテイルナラ教エロ」

「ああ、彼ならすでに捕まって銀河連邦に送り返されました。探すだけ無駄ですよ」

「ナンダト。ソレヲ知ッテイルッテコトハ、オマエハ独立判事の現地協力者カ？　ナラ丁度イイ、独立判事モ消セトイウ命令ダ。ソイツノイル所マデ案内シロ」

「消せという命令を受けている人間を案内するわけないでしょう？」

そう言うと、兵士たちはゲフフ……みたいな感じの下卑た笑いを漏らした。

「ソウカイ。マア原住民ヲ殺シテ回レバ勝手ニ現レルダロウカラナ。オマエハソノ犠牲者第一号ニデモナットケヨ」

そう言うと先頭の兵士が俺に銃を向けた。もちろんその指が引き金を引く前にそいつの首は落ちている。『魔剣ディアブラ』は振るだけで不可視の魔力の刃を飛ばせたりする。

「撃テッ！『ヘルシザース』起動ッ！」

その後の反応はなかなか早かった。『あの世界』の盗賊団より多少はマトモそうだ。

俺はディアブラを振り回して、突っ込んでくる『ヘルシザース』（要するに装甲付き深《しん》淵《えん》獣）三体をなます斬りにした。ついでに魔力の刃で兵士二十人くらいを監獄小惑星送りから永久に解放してやる。

「ナンダコイツ!?『ヘルシザース』スラ簡単ニッ！」

兵士の叫びは悲鳴に近い。やはり『深淵獣』は「普通には倒せない化物」扱いなんだろう。

さて、ここで全滅させると上空の強襲揚陸艦が無差別射撃とか始めかねない。俺はディアブラを振るのを止《や》め『風魔法』を発動、一気に身体を上空まで飛び上がらせる。『光学迷彩シールド』の内側に入ると、宙に浮く巨大な船体がいきなり目に飛び込んできた。多分海上自衛隊のヘリ空母型護衛艦くらいあるだろう。光沢のない黒の塗装がいかにも悪役の船っぽい。

船底に四角いハッチが見える。俺はそこに取りつき『掘削』を発動、開いた穴から船内に飛び込む。

船内にはやはり大勢の犯罪組織の構成員がいたが……まあ勇者相手では何かができる者などいるはずもない。後で船内を調べる時に血だらけだとアレなので『拘束』魔法で心臓だけ止めてやる。

『直感』スキルと勇者の勘を全開にして歩いていくと程なく艦橋へとたどりついた。「統合指揮所」と表示のあるガッチリ閉まった扉を『掘削』で開け、銃を向けてきた兵士を永久に黙らせる。

いかにも宇宙戦艦のブリッジといった部屋で、SF的な操作盤がずらっと並び、壁面にはいくつもの画像が映し出されている。

その一つに地上で戦ってる新良たちの姿が映っていた。

すでに兵士は三人に減っており、新良が飛び回りながら一人ずつ倒して回っている。『ヘルシザース』一体は青奥寺《あおうじ》が相手をしているが、そちらももう決着がつきそうだ。貸した『ムラマサ』は『覇鐘《はがね》』よりはるかに強いし今の青奥寺なら相手にならないだろう。もう一体の『ヘルシザース』はバラバラになっていたが、どうやら双党《そうとう》が射撃で倒したようだ。そういえば『深淵獣』に魔法は効くんだよな。

「問題ないな。じゃ、後片付けをして回るか」

俺は感知スキルを全開にし、生き残りの賊を探しに『統合指揮所』を後にした。

「さて、この強襲揚陸艦はどうする？」

戦闘終了後、俺は新良をブリッジに呼んで調べてもらった。新良はいつものとおりハッキングして調べていたようだが、難しい顔をして首を横に振った。

「さすがにこのクラスの船は動かせません。本来なら徴収して連邦捜査局に引き渡したいのですが、そこまでは想定していないので……」

「まあそうだよなあ。完全に軍艦だしなこれ。わかった、俺の『空間魔法』に入れておくわ」

「できるのですか、この大きさの船を？」

「問題ない。情報の吸い上げは終わったか？　ドローンの回収は？」

「はい、データはすべてフォルトゥナに転送しました。ドローンもこの船に収納済みです」

「じゃあ外に出るか」

ハッチから地上に降りると、青奥寺と双党が待っていた。

ちなみに周囲に死体などは残ってない。すべて新良が『ラムダ転送』とやらでどこかへ送ってしまった。『深淵獣』が落とした『深淵の雫《しずく》』は回収済みだ。

「先生っ！　私もその強襲揚陸艦を見てみたいです！」

双党が散歩をせがむ子犬みたいな目で見てくるが、俺は「後でな」と言って上空に『空間魔法』を発動する。光学迷彩シールドごと船体を穴に飲み込ませてしまうので、結局双党が実物を見ることはできなかった。

「うぅ～、後で絶対見せてくださいねっ！」

「かがり、さすがにあの船を地球上で見えるように出すわけにはいかないから」

新良が諭すと双党はチッチッと言いながら指を振る。

「そこは先生の魔法で何とかなるでしょ。戦闘用の宇宙船とか、本物があるのに見ないで終わるなんて絶対できない。先生、約束ですよ！」

「作文を書き終わったらな」

「やった。そんなのすぐ終わらせますからっ。あっ、そういえばこの銃すごかったです。持ち帰って調べていいですか？」

「はい没収」

俺は『魔導銃タネガシマ』を双党の手から取って『空間魔法』に放り込む。

「ああ～っ、私のゲイボルグが～」

「勝手に名前つけるな。あれは『魔導銃タネガシマ』だ」

「えっ、ダサ……いや、一周回ってアリかも……？」

「ないでしょ。先生、こちらもすごい刀でした。ありがとうございます」

青奥寺が『ムラマサ』を手渡してくる。その顔色が少し優れないのは対人戦闘を見てしまったからだろうか。俺が剣を『空間魔法』に放り込むと、それを見ながら青奥寺は溜息《ためいき》をついた。

「さて、ちょっと音が漏れたから、もしかしたら誰かが様子を見に来るかもしれない。この場はすぐに撤収しよう。ただちょっと話をしたいんだが、いい場所はないか？」

「それは先ほどの『あの物質』に関する話ですか？」

アームドスーツを解除した新良が質問を返す。

「そうだ」

「それならフォルトゥナで行いましょう。転送します。フォルトゥナ、ラムダ転送」

返事をする間もなく視界が一瞬でホワイトアウトし、次の瞬間俺たちは未来的な内装の部屋……宇宙船の内部にいた。

「フォルトゥナというのは新良の乗ってきた宇宙船のことなのか？」

案内された部屋は狭いが、一応四人が座れるテーブルと椅子があった。出されたコーヒーっぽい飲み物に口をつけつつ給仕を終えて座る新良に聞いた。

「独立判事に与えられる作戦支援機動ユニット『フォルトゥナ』です。一応衛星軌道上に停滞していますが、基本的にラムダ空間にいますので地球の現有機器では感知されません」

「はあ～、璃々緒のところの科学力ってやっぱりすごいねっ」

双党があちこち触ろうとするのを青奥寺が必死に止めている。当の青奥寺はいきなりの展開にはじめは目を白黒させていたが、友人二人がいつもの通りなので今は落ち着いたようだ。

「なるほど、アームドスーツとかもここから転送してるってことか」

「そうなりますね。それで先生、お話というのは？」

「ああ、それなんだがな……」

俺は『空間魔法』から例の試験管を一本取り出してテーブルの上に置いた。

「俺が魔法で調べた結果、こいつに関して重要だと思われる情報が二点あった。一つはこいつが惑星ファーマクーンで作られたということ、もう一つはこいつの原材料に『深淵の雫』が使われているということだ」

俺が言うと三人はピシッという感じで一斉に固まった。その理由は様々だろうが、一番衝撃が大きそうなのは新良《にいら》だった。とはいっても表面上はいつもの無表情なままなのだが、勇者の目は欺けない。

「……先生は本当に地球の人間なんですか？　ファーマクーンの名を私が口にしたことはなかったと思いますが」

「あっ、それ私もちょっと気になりました。先生宇宙人と普通に会話してましたよねっ？」

新良の質問に、双党がなかなか鋭い指摘を付け足す。当たり前の話だが、犯罪組織の兵士は当然向こうの星だか国だかの言葉を使っていた。地球人なら当然聞き取れるはずもない。

「それなあ……。言葉については、俺は異世界に呼ばれた時に『全言語理解』っていうスキルをもらったんだよ。逆に言うとそれしかもらえなかったんだけどな。だから宇宙人の言葉も普通にわかるし話せるんだ」

それ以外のスキルは全部地獄の特訓と実戦で得たものだが、こっちの世界だと『全言語理解』って普通にとんでもないチートスキルだよな。

俺の言い訳を聞いて、新良がとっさに宇宙語（？）を話す。

「コノ言葉ガ理解デキマスカ、先生？」

「問題ナイ、完全ニ理解デキル」

俺が答えると、新良は珍しく驚いた顔をした。その反応を見て青奥寺が目を細める。

「今なにを話したの？　どこの言葉？」

「今使ったのは私の生まれた国の言葉。辺境惑星の言葉だから使える人間はあの星以外ではほぼいないはず」

「ということは、先生の言ったことは本当ってこと？」

「そうとしか考えられない。先生が脳に支援デバイスを入れてるなら自動翻訳できるだろうけど、それはないと判明しているし」

新良が断言すると青奥寺は「そう……」と言い、双党は「ふぇ～」とか漏らしている。

「まあそのことは信じてもらうしかないな。ところで新良、惑星ファーマクーンってどんな星なんだ？」

俺が話を元に戻すと新良は少し目をつぶり、そして口を開いた。

「……ファーマクーンは廃棄惑星。五十年ほど前に生物災害が発生して人が住めなくなった星です」

「そりゃまた……そんなことって実際にあるんだな」

「もともと陸地が少ない星だったのですが、その陸地が汚染されてしまったので廃棄されたと言われています。公式には、ある企業の生物研究室から漏れた細菌が環境を破壊したのが原因とされています」

「でも今の先生の話が本当なら、その星に犯罪組織の工場とかがあるってこと？　もしかしたら本拠地もそこにあるとか？」

双党の言葉はそのまま新良の疑念だったろうが、それに対しては新良は首を横に振らざるをえないようだった。

「話を信じればそう。だけどなんの証拠もない。このことを上に報告しても動く可能性は低い。ファーマクーン自体は連邦の機関に定期的に監視されているし、その回数が増えるくらいかもしれない」

「証拠と言えば、原材料が『深淵の雫』ってところはどうなの？」

青奥寺が言うと、新良は頷《うなず》いた。

「その話も聞かないと。先生、どういうことですか？」

「どういうことと言われてもそのまんましかないんだが……」

俺は『空間魔法』から、ソフトボール大の球を取り出して試験管の隣に置いた。先程倒した『ヘルシザース』と呼ばれた『深淵獣』が落とした『深淵の雫』だ。

「新良は『深淵の雫』については知っているのか？」

「ええ多少は。これがそうなのですか？」

「そうだ。どういうことかは俺にもわからないが、この物質……『イヴォルヴ』と呼ぶらしいが、これは『深淵《しんえん》の雫』を材料としているんだそうだ」

新良は拳大の大きさの黒光りする球……『深淵の雫』を手にしばらく眺めてからテーブルに置き直した。

そこで青奥寺がなにかに気付いたように俺の方を見た。

「先生、それでは地球から『雫』が持ちだされて他の惑星で加工されたということですか？」

「いや、奴《やつ》らが『深淵獣』を連れていたということは、そのファーマクーンという星にも『深淵獣』がでるということなんじゃないか」

「あ、そうですね。彼らは『深淵獣』を操っていたようですし……」

「新良、このフォルトゥナという宇宙船ではその『イヴォルヴ』と『深淵の雫』の解析なんてのはできないのか？」

「さすがにそれは不可能です。この試料を本部に送ればあるいは」

「そうか。ま、どちらにしろ俺が言えるのはここまでだ。その『雫』はやるから自由に使ってくれ。青奥寺、構わないよな？」

「はい、先生が倒して手に入れた『雫』ですから」

青奥寺が頷くと、新良は「ではお預かりします」と言って、試験管と『深淵の雫』を頑丈そうなケースに入れた。

あとは独立判事としての彼女の仕事だ。調べるにしてもそんなに簡単に結果はでないだろうし、もし『イヴォルヴ』と『深淵の雫』に関係があると判明したとしても、そこからどう捜査を進めるのかなんてのはこちらの関われることではない。

俺にできるのは、せいぜいまた犯罪組織が攻めてきたら返り討ちにしてやるだけだ。

しかしまさか勇者が地球防衛軍の役をやるとは思わなかったな。まあ魔王に比べれば宇宙人の軍隊程度は大した相手でもないが……大気圏外からミサイルをばらまかれたりすると少し厄介かもしれないな。

――とあるマンションの一室での、女子三人の会話

「璃々緒《りりお》の部屋っていつもキレイだよねっ。女子力の高さを感じる」

「キレイというか何もないだけ。必要なものはフォルトゥナから転送するし」

「この間は驚いた。璃々緒の宇宙船に移動したのもそうだけど、私の中の常識があんなに簡単に崩れるなんて思わなかった」

「美園《みその》はマジメだからね～。私なんて楽しくて仕方なかったけど」

「宇宙人の軍隊が攻めて来たのに楽しいっていうのは、かがりの方もそれはそれで変だと思うけど」

「そうかなあ。あ、でも、いつも戦ってるＣＴエージェントも宇宙人みたいなものだからっていうのはあるかも。璃々緒の話も聞いてたしねっ」

「私もさすがにフィーマクードの強襲揚陸艦が来るのは想定外だった。正直なところ、先生がいなかったら大変なことになっていたと思う」

「璃々緒がいてもダメだったの？」

「軍を相手にするのはアームドスーツでも簡単じゃないから。それにあの『深淵獣』という生物、私の銃があまり通じてなかった」

「あ、やっぱりそうなんだ。でも先生から借りた銃は効きまくってたけどなあ」

「私が借りた刀も凄《すご》い切れ味だった。『深淵獣』の乙型の外皮があんなに簡単に斬れるなんてありえない」

「なんか今回の件で先生の謎がさらに深まった感じがするよね。宇宙人と喋《しやべ》ってたのも驚いたけど、その後の攻撃がホントに容赦ないんだもん。あ、そういえば強襲揚陸艦の中はどうなってたの？　先生が制圧したんだよね？」

「ほとんど戦った跡がなかった。全員外傷一切なしで死んでたから」

「ええっ？　化学兵器でも使ったってこと？」

「魔法で心臓を止めたって言ってた。血で汚れると大変だろ、って言われたけど、本当に平然と言うから少し驚いた」

「なんかやっぱりヤバい人なのかな〜。普段話してると普通の人だけど」

「戦いのときだけ人が変わるんじゃない？　私たちのことは心配してくれてるし、悪い人じゃないと思う」

「雰囲気としては連邦の軍人に似てる。本当に戦いが身近にあって、あまりにそれが自然になってるという感じ」

「っていうことは、やっぱり元勇者で戦いに明け暮れてたって感じなのかな」

「先生の能力を考えるとそれが一番説明がつく気はするけど……」

「私は別に戦いに容赦がなくても信用できるならそれでいい。今回の件ではなにかお礼はしないといけないし」

「璃々緒もマジメだね～。でもお礼ってなにするの？」

「噂《うわさ》だと昼はいつもコンビニ弁当らしいから、弁当を用意するのもいいかと思ってる。どうせ自分の分は毎日作ってるから」

「えっ⁉　璃々緒、それはダメでしょう。女子生徒が男の先生に毎日お弁当とか、問題ありすぎると思う」

「あっ、美園ちょっと焦ってる感じ」

「違うから！　噂とかになったら、っていうかそんなの一発で噂になって先生クビになるまであるでしょ」

「大丈夫、弁当は先生の部屋に転送すればいい。私が渡したとは絶対にバレない」

「ええ……でもそれは……どうなんだろう」

「まあいいんじゃない？　夜もスーパーの半額弁当漁《あさ》ってるって言ってたし、担任の先生に栄養不足で倒れられても困るしね」

「かがりもいつの間にそんな話聞いてたの？　あまりプライベートを聞くのは失礼でしょう」

「そんなこと言ってないで美園も情報収集しようよ。九神《くかみ》のお嬢も本格的に身辺調査してるみたいだし、先越されちゃうかもよ？」

「な・ん・の先を越されるっていうの」

「ちょっ、美園目が怖いってば～」

五章　謎の初等部女子

「うまいなコレ……」

俺が今職員室の自分の机で食べているのは、新良《にいら》の手作りらしい弁当だ。

朝起きたらアパートのテーブルの上にあってメチャクチャビックリしたんだが、直後に新良から「お礼のお弁当です」という言葉が足りなすぎるメッセージがスマホに送られてきた。

もちろん断ろうとしたのだが、「一週間は続けます」と聞く耳を持たないので、とりあえずバレないように気を付けるということで了承した。

それはまあいいのだが、いつも食べているコンビニ弁当と比べて格段に美味《うま》く、ヘタするとずっと続けて欲しくなってしまうレベルである。

いやさすがに「ずっと俺の弁当を作ってくれ」とかあまりに危険すぎて口にできるセリフではないが。

「あら相羽《あいば》先生、手作りのお弁当なんて珍しいわねえ」

背後からの艶《つや》っぽい声は学年副主任の山城《やましろ》先生だ。後ろを振り向くと顔が近くてビクッとなってしまった。美人なのにちょっと防御力が低いんだよな山城先生。攻撃力は高いんだが。

「え、ええ、いつもコンビニ弁当だと味気なくて……。栄養もかたよると思いますし」

「そうね。野菜が少ないし塩分が多かったりするから、毎日はやめた方がいいわよね」

「山城先生もいつもお弁当ですね」

「ええ、前の夜の残り物ばかりだけどね。女二人だからおかずがあまるのよね」

どうも山城先生は娘さんと二人暮らしをしているらしい。旦那さんは今はいらっしゃらないそうだが理由は不明である。というかそんなこと聞くこともできないが。

「でもそのお弁当随分と手が込んでない？　先生はお料理上手なの？」

「得意というほどではありませんが、一人暮らしが長かったものですから……」

実際にはカレーぐらいしかマトモにつくれないけど。あ、モンスター肉の串焼きは得意かもしれない。

しかし女性にかかると手作り弁当の不自然さはバレてしまうものなのか。やはり一週間でやめないと危険だな。

などとちょっと悲しく思っていると、職員室の扉が開いて生徒が入ってきた。

いや、生徒ではなくて児童、か？　初等部の女の子だ。黒髪をおさげにした可愛《かわい》らしい女の子なんだが、なんとなく誰かに似ている気がする。

「失礼します」

「あら清音《きよね》、どうしたの？」

なるほど山城先生の娘さんだったのか。どうりで初等部なのに謎の色気が……いやなんでもない。

「お母さん、わたしちょっと熱がでちゃったみたい。先生が早退しなさいって……」

「まあ、それじゃ家に帰らないといけないわね。でもこの後授業があるし、一時間くらい横になって待っててもらおうかしら」

「山城先生、俺次空いてますから自習させときますよ。四組ですよね」

娘さん……清音ちゃんはよく見ると顔色がかなり悪い。早く帰って寝かせてやった方がよさそうだ。

「相羽先生、それじゃお願いできる？　あ、この単語の小テストはやってもらっていいかしら？」

「わかりました、やっておきます」

山城先生は「助かるわ」と過剰な色気付きの微笑《ほほえ》みを残して教頭へ早退の申請をしにいった。残された清音ちゃんがペコッと頭を下げて「すみません」と言う。さすが山城先生の娘さんだ。

近くにあった丸椅子を引っ張ってきて清音ちゃんを座らせてやる。

「ありがとうございます。あの、先生が相羽先生……ですか？」

「ん？　そうだけど、どうして知ってるの？」

「母がときどき先生のことをお話しするので。若いけどしっかりした先生だって」

「あはは、それは嬉《うれ》しいね」

「生徒とも距離を取ってるって褒めてました」

それ多分教員としては褒められてるけど、本人的には生徒に異性として見られてないみたいな意味もありそうで微妙なんだよなあ。まあいいんだけどね、その方が。

ともあれしっかりした対応ができる娘さんだなと感心してしまうが、やはりちょっと気分が悪そうだ。いい娘《こ》だから楽にしてあげよう。

「清音ちゃんだっけ、ちょっとだけ楽になるおまじないをしてあげるよ」

「え……？」

顔の前に手のひらをかざして癒しの魔力を浴びせる……と、清音ちゃんの顔色が少し良くなったようだ。

「あれ……？　頭痛いのがなくなった気がします」

「でも治ったわけじゃないから家でしっかり休んでね」

「はい、ありがとう……ございます？」

清音ちゃんが首をかしげていると、山城先生が戻ってきて帰り支度を始めた。

「あ、相羽先生すみません椅子を出してもらって。じゃあ清音帰りましょう。お昼は食べたの？」

「うん、少し。でももう少し食べられそう」

「そう、帰ってなにか作ってあげるわね。それじゃ相羽先生、申し訳ないけど次の時間お願いしますね」

「はい、大丈夫です」

俺が答えると山城先生はニコッと笑ってから、清音ちゃんを連れて職員室を出て行った。

去り際に清音ちゃんが「セイジョ先輩みたい」と言っていたが……「セイジョ」ってなんだ？

勇者的には「聖女」かと思ってしまうが、そんな生徒がいるはずないか。いないよな？


自習監督として俺が二年四組に行くと、生徒たちはちょっとだけ「えっ!?」みたいな反応をした。このクラスは担当してないので当然ではあるが、自習だと瞬時に察知して単語帳とかを取り出す女子がいるのがちょっと怖い。

「山城先生が急用でこの時間は自習になります。単語テストはやりますので筆記用具以外はしまってください」

と通り一遍の話をして単語テストをやり、残りは自習にする。どうせ放っておいてもしゃべったりする生徒はほとんどいないが、一応教卓に椅子を持ってきて監督はする。

さて問題は、このクラスが山城先生担任のクラスということで金髪縦ロールのお嬢様がいらっしゃることだ。

そのお嬢様……『九神　世《せ》海《かい》』は廊下側の後ろの方に座っていて、時々俺の方に視線を送ってくる。俺に関しては身辺調査くらいはしてるだろうし、こういう時に観察するのもわからなくはない。

わからなくはないのだが、わざわざ俺のところに来て、

「先生、古文の質問をしてもよろしいですか？」

と言ってくるのはなかなかに度胸があると思う。

まあ本当に質問したいだけなのかもしれないが、彼女が聞いてきたのは今授業でやっている範囲ではないので俺を試そうとしてる感じもある。

「これはちょっと長くなるから廊下で話そうか」

自習している空間なのでさすがに小声でも話すのはためらわれた。廊下に出てロッカーの上に教科書などを開いて九神の質問に答える。

ちなみにかなり高度な質問だったが、着任して早々自分の教科力に危機感を持ち、勇者スキルを全開にしてあらゆる参考書を暗記しまくった俺に死角はない。

「ありがとうございます、よくわかりました。先生は文法のテキストを全部暗記しているのですか？」

「だいたいはね。しかし九神さんもよく難しいところに気付くね」

「古文が好きなんですの。実家には古い書物も多くありますので。ところで先生は古い書物などをそのまま読めたりはできますか？」

「あ〜、書体によるけど……いや、多分読めるかな」

国語の能力とは関係なく『全言語理解』スキルのおかげで、だけど。

「もしよろしければ一度私の家へ来ていただくことはできませんか？　読むのに苦労をし

ている書物がございますの。もちろんお礼はいたしますわ」

　いきなりな提案だが、恐らくは俺を探りたいということなんだろう。とはいえ書物があるというのも嘘《うそ》というわけではなさそうだ。これでも一応は国語教師を目指した身だから、読める能力がある今、人の目に触れたことのない書物というのに興味もなくはない。

「日時を指定してもらって、その日に急用が入らなければお邪魔するよ」

「ふふ、急用ですか。多分起きる可能性は低いと思いますわ。では後日正式にお話をさせていただきます」

　あれから『深淵《しんえん》獣』も『深淵窟《しんえんくつ》』も、一度も出現していない。彼女が何か手を打ったのは確かだろう。

　ただ九神のお嬢様も、俺が言う『急用』の中に『宇宙人の攻撃』とかが入っているのまでは気付かないだろうなあ。

「あっ、相羽先生、いいところに！」

　日が落ちきったころ仕事を終えて校門から出ようとすると、俺を後ろから呼ぶ声がした。

　振り返ると同期の白根《しらね》陽登利《ひとり》さんが手を振っていた。声は元気そうだが、自転車に寄りかかるようにして歩いて来る足取りには力がない。どうもかなりお疲れのようだ。

「白根先生お疲れ様です。少しお疲れですか？　歩き方がちょっと頼りない気がしますよ」

「えっ、そんなにわかるほどですか？」

「ええ、慣れた人ならわかると思いますよ」

「うう、生徒にバレてたらカッコ悪いですね。実はこのところ眠りが浅くて……。今度の土日バレー部の大会なんですけどそれも心配なんです」

「ああ、生徒の指導もそうですけど、熱心な保護者さんもいらっしゃいますからね。ありがたいんですけどどうしても気疲れはしますよね」

「そうなんです。それでですね……」

白根さんが少し恥ずかしそうな顔をする。まあその理由はわかっているが。

「この間の元気アップのおまじないですね。いいですよ」

「はい、よろしくお願いします！」

なんか本当に信じているところがちょっと心配になってしまうが……勇者を信じるのはセーフなのでいいか。

俺は白根さんの胸の前あたりに手をかざして癒しの魔力を送る。そういえば今日は二回目だな。

「んふぅ……。え……？　すごい、身体《からだ》が本当に軽いです。こんなにはっきりわかるんですね。ええっ、これって本当にすごくないですか!?」

目に見えて白根さんの姿勢が良くなり目に力が戻ってくる。

「これは同期だけの秘密ですよ。大会頑張ってください」

「はい、これなら大丈夫そうです。相羽《あいば》先生ってやっぱり変……不思議な人ですね。セイジョさんみたい」

なんか勇者の心をえぐる言葉が聞こえた気がするが……いやそれよりもまた「セイジョ」の言葉を聞くことになるとは。

「その『セイジョ』さんって誰なんですか？　初等部の子が言っているのも聞いたんですが」

「あっ、中等部にいる生徒のことなんですよ。なんか癒しの力があるとかで、性格もすごく優しいので皆から『聖女』って呼ばれてるんです。でも本人はちょっと恥ずかしがってるみたいなので、さっきそう言ったことは秘密にしてくださいね」

「わかりました。でもやっぱりその『聖女』なんですね。癒しの力……なるほど」

眉唾物の話といいたいところだが、正直眉に唾つけすぎてふやけるくらいの生徒が周りにいるのできっと本当のことなんだろうなあ。癒しの力は俺ですら使えるんだし、こっちの世界に一人二人使える人間がいてもおかしくはない。

「相羽先生、このお礼はあとで必ずさせてもらいますね」

「気にしないでください。暗いですからお気をつけて」

挨拶をすると白根さんは自転車に乗って坂道を下っていった。

じゃあ俺もスーパーに寄って半額弁当を……と思った所でいいことに気付いてしまった。

「新良《にいら》の弁当は夜食えばいいんじゃないか？　空間魔法に入れとけば腐らないし。おお、素晴らしい思いつき」

やはり今日食べた弁当の味が一週間で味わえなくなるのは惜しい。俺は坂道を下りながら、どうやって新良に引き続き弁当を作ってもらうかを算段し始めるのだった。


翌日放課後、部活を一通り見つつ、『総合武術同好会』で組手の相手をしてやった。

新良、青奥寺《あおうじ》、そしてようやく参加する気になったらしい双党《そうとう》の三人が相手である。

今俺の目の前には、ジャージ姿のツインテール女子が構えを取っている。

半身を切り、前後左右にすぐ動けるよう重心は真ん中。相応に鍛錬を積んだ人間の構えだ。

「俺は最初は手を出さないから自由にやっていいぞ」

「じゃあ行きますねっ！」

双党は上体をブレさせることなく踏み込んでくると、拳と足とを次々と飛ばしてくる。

スピードもキレも、年齢を考えると驚くほどレベルが高い。パワーについては体格上仕方がないところもあるが、しかしそれでも多少物理法則を無視したような重さがある。普通に成人男性のそれよりは強烈だ。

「全然当たらないんですけどっ！」

と言いながらも鞭《むち》のようにしなるローキック。それを打点をずらして受けてやり、試しに拳を伸ばしてみる。体勢が崩れていたにもかかわらず双党は瞬時に飛びのいた。

「先生はやっぱりおかしいですねっ」

「双党も人のことは言えないだろ」

組手はそのあとも二十分ほど続き、最後に双党がギブアップした。全力で動いていたのだからスタミナもまあまあだ。

「これくらい動ければエージェントくらいなら素手でもいけるだろ？」

「はぁ、はぁ……。一応はいけますけど、銃を使った方が早いんですよね。それに近接戦闘用武器もありますから」

「そりゃそうかもしれないけどな。ま、せっかくだから同好会ではもっと鍛えてやろう。その近接戦闘用武器ってのもやっておくか。俺の得意分野だし」

「こんな組手を毎日やるんですか～？」

「お前の命がかかってるからな。これは教師としての義務だ」

「うぅ～先生のオニ～」

双党は頬を膨らませるが、その顔はちょっとだけ嬉《うれ》しそうでもある。

しかしまあ、双党も女子としては破格の格闘能力を持っているようだ。この武道場にはもしかしたら地球最強クラスの女子が集まってるんじゃないかという気までする。あ、そういえば新良は地球人じゃなかったか。

「先生、今日は私の弁当を食べていなかったようですが？」

三人分の組手が終わると、その新良がいつもの光のない目を向けてきた。無表情なのも変わらないが、ちょっとだけ咎《とが》めるような目つきである。

「実は職員室で食べてると山城《やましろ》先生とかが気にしてくるんだよ。だから空間魔法に入れておいて夜食べることにした。弁当自体はメチャクチャ美味《おい》しいからありがたくいただいてるよ」

「気にするというのは、詮索されるということですか？」

「そう。一人暮らしだというのは言ってあるから言い訳するにもちょっとね」

「それなら恋人に作ってもらっていると言えばいいのでは？」

「ちょっ、璃々緒《りりお》大胆すぎないっ？」

新良の爆弾発言に、双党が目を丸くして食いつく。

「大胆？　上手《うま》い言い訳だと思うけど」

「そうじゃなくて、それだと璃々緒が先生の恋人にしてくださいって言ってる感じになるからっ」

双党に指摘されても新良はしばらく無表情のままだったが、なにかに思い至ったのか、急に顔を赤くして目を泳がせ始めた。

「もち、もちろんそんな意味ではあり、ありませんので勘違いはしないでください。ただ言い訳の例として挙げただけで……」

「あ～大丈夫、その辺は勘違いしないから安心してくれ。これでも慣れてるから」

「勘違いして失敗するのに慣れてるんですか……あぁ～、痛いですぅ～」

古傷をえぐるツインテ小動物系女子のこめかみをぐりぐりしていると、もだえている双党を見て青奥寺が溜息《ためいき》をついた。

「先生すみません、かがりも悪気があったわけではないと思います」

「悪気があったら勇者式拷問やってるから」

「勇者式拷問って……勇者でも拷問したりするんですか？」

「美園《みその》もう勇者ってところには突っ込まないの!?」

「そこはもう認めてもいい気がして」

「え～、さすがに毒されすぎ……あっ、強くしないでください～」

「きれいごとだけじゃ勇者は務まらないんだ。やな話だけどな」

と答えつつ離してやると、「あふぅ～」とか言って座り込む双党。

それを見てちょっとだけ表情を緩めた青奥寺だったが、すぐに鋭い視線を俺に向けてくる。

「ところで璃々緒のお弁当は続けてもらうつもりなんですね」

「一週間は絶対続けるって言われてるからな」

「先生としては女子生徒にお弁当を作らせるのは平気なんですか？」

「平気じゃないから隠してるんだって。そこまで非常識じゃないから安心してくれ」

「先生わかってないですね。美園が言いたいのは、どうして自分にも頼まないのかってことで……ああ～ごめんなさい～」

今度は青奥寺にぐりぐりされ始める小動物系少女。

それを横目に、まだちょっと頬の赤い新良が真面目な顔になって俺に言う。

「ところで、夜食べるということなら先生のお部屋にお邪魔して作ることもできますが。その方が美味しいと思います」

「いやそれは美味しいだろうけど無理だから。俺一発でクビになるから」

「先生の部屋に直接転送で移動すれば誰にも知られることはありません」

「いやだから……っていうかそんなことできるの？」

「問題なく可能です」

「問題しかないからダメです」

なんかどこまで本気なのかわからないな新良は。ただ横で殺人的な視線を送ってくる青奥寺はガチで本気っぽい。ヘタなこと言ったら目から冷凍ビームが出そう。

その視線を避けるようにして俺は武道場の入り口に目を向けた。感知スキルが二人の来訪者を告げたからだ。

扉を開けて入ってきたのは山城先生とその娘の清音《きよね》ちゃんだった。

「相羽先生、ちょっと失礼していいかしら。この娘《こ》がどうしてもお礼を言いたいっていうので聞いてあげてもらえる？」

「あ、はい。今日は元気になったんだね、よかったね」

俺が話しかけると、清音ちゃんはお辞儀をして、

「昨日はありがとうございました。昨日の熱もそうなんですけど、ちょっと前からお腹《なか》が痛かったのも治ったんです。きっと先生のおかげだと思います」

「そうなの？　おまじないが効いたのならよかったけど、一度お医者さんに見てもらった方が……」

　俺が山城先生の方を見ると、山城先生はいつもの妖艶な笑みを漏らした。

「それは大丈夫よ。神経的なものらしくて、時間が経《た》てば治まるって言われてたんだけれどちょっと長引いてたみたいで。でも相羽先生のおまじないのおかげで治ったたって言ってるのよね。おまじないってなにをしたのかしら？」

「ああ、ちょっとした暗示というか、自分の家に伝わってる奴《やつ》なんです。俺も親にしてもらって治ったことがあったので真似《まね》しただけです」

「ふぅん。でもそんなに効くのなら今度私にもやってもらおうかしら？」

「その時があればやりますよ」

　と上手く誤魔化しておいて、清音ちゃんに「お礼を言ってくれてありがとう」と言ってその場を流す。

「こちらこそ、母をよろしくお願いします」

　再びお辞儀をする初等部女子の姿に、俺は自分の子供時代を思い出して悲しくなってしまった。どういう育て方をすればこんなパーフェクトな子どもになるのだろうか。

「ごめんなさいね部活で忙しいところを。皆もごめんなさいね」

新良たちにも気を使いつつ、山城先生は清音ちゃんを連れて去っていった。

振り返る清音ちゃんに手を振っていると、後頭部に冷たいなにかが刺さってくる。

振りむけばそこにはジト目で俺を睨《にら》む三人娘が。

「先生って本当に常識はあるんですよね？」

う〜ん、この娘たちは今のやりとりからなにを思ったのだろうか。確かに俺みたいのが小さい女の子に声をかけるだけで事案扱いされる世の中ではあるが……勇者なんだから子どもに優しいとか思ってくれてもいいよね。

◆

翌日は休日だったので久しぶりに街に繰り出すことにした。といっても単に日用品が足りなくなってきたから買い出しに行くというだけで、別段心浮き立つような用事があるわけでもない。

買い物を済ませると悲しいことにどこにも行く当てがなかった。そういえば社会人って休日は普通なにをするものなんだろうか。

やはり一人だとやることも限られる……などと考えていると心の中が殺伐としてきた。

「……仕方ない、いつものトレーニングをするか」

悲しい決断だが、今の俺にできることはそれしかなかった。そうと決まればどこか人気《ひとけ》のないところで『光学迷彩』を使いつつ採石場まで飛ぶとしよう。

感知スキルで人のいない路地を選び、そちらに入っていく。

ここならいいだろうと思ってスキルを発動しようとすると、

「ちょっとおじさん、もしかして変質者ってやつ？」

と路地のさらに奥から声が聞こえた。

俺が目を向けると、そこにはいつの間にか一人の女の子が立っていた。

年齢は十一、十二くらいだろうか。ちょうど山城先生の娘さんの清音ちゃんと同じくらいの年格好の女の子である。

褐色の肌で、紫がかった黒い髪を片側で束ねている。歳《とし》の割に目鼻立ちがはっきりしており、やたらと気が強そうな印象を受ける。ちょっと露出が多めな格好も気になるのだが、それ以上にその女の子には気になるところがあった。

そう、彼女は俺の感知スキルをすり抜けるようにして急に現れたのだ。

「おじさんっていうのは俺のこと？」

「他に誰がいるの？」

「百歩譲って俺がおじさんだとして、なんで変質者扱いなんだ？」

「は？　その目つきはどう見ても変質者だし。今わたしのことエロい目でジロジロ見てたでしょ」

そりゃ感知スキルを抜けてくる女の子はよく観察する必要があるからね。とは言えないのがもどかしい。

「いや、君が急に現れたからビックリしただけだよ。誰もいないと思ってたから」

「ふ～ん、それじゃ誰もいない所でなにをしようとしていたの？」

「いや、普通に通り抜けようとしただけだよ」

と俺が答えると、彼女は急にニヒッと笑った。面白いいたずらを思いついたような笑み、というよりはいくぶん邪《よこしま》な感じが強すぎるが……

「ここを通り抜けた先には小学校があるんだよね～。おじさんそこが目当てでしょ」

「なんで？」

「だから、そこではじめの質問に戻るワケ。覚えてる？　最初の質問」

「え～と、変質者って……ああ、いや違うからね」

俺が否定すると、その女の子はニヤニヤ笑いながら近づいてきた。俺の目の前で少し前かがみになりつつ上目づかいで俺を見る。生意気そうなその態度は明らかに相手を挑発する意図を感じさせる。

というか一連の動作がすごく慣れている感じがするな。色々と警戒が必要な娘かもしれない。

「否定するところがすご～く怪しいよね。おまわりさんを呼んだ方がいいかな～」

「いやなにもしてないしする気もないし、呼んでも仕方ないと思うよ？」

「でも今の状況だけ見ると、おじさんがわたしをここに連れ込んだようにも見えるよね。

それって否定できなくない？」

「それは無茶だろ。そもそも君がいるなんて知らなかったし」

「わたしが言ってるのは誰かが見たらどう思うかってコト。おじさん話わかってる？」

その言い方が本当に人をバカにしたような言い方で、俺が勇者じゃなかったらかなりイラッとしているところだ。

しかしこの娘、いったい何が目的なんだろう？

「それで、君は俺に結局なにを求めてるんだ？」

「はぁ？　別になにも求めてないけど。だってなにか求めたらこっちが悪いみたいになっちゃうじゃない。おじさんバカなの？」

あ、わかった。これ俺をキレさせるつもりなんだな。俺がキレたところで悪者だという既成事実を作ってハメる、みたいな感じか？　感知スキルをすり抜けてきたところからしてこの娘ただ者ではない感じだし、こっちが手を出そうとしても負けない自信があるんだろう。

だったら解決策は一つしかないな。

「オッケーじゃあこうしよう」

と俺は両手を上げて一歩下がりつつ、『高速移動』スキルを発動。

「えっ、はや……っ！」

とはるか後ろの方で聞こえたが、俺はそのまま路地を抜けて『光学迷彩』を発動しつつ

『風魔法』で飛び上がる。

状況的に不利な時は逃げるに限る。勇者といえども前に進むだけでは勝てない時もあるのだ。

しかしさっきの娘、なんだかよくわからなかったが、どこかでまた会う気がすごくする

なあ。勇者の勘は悪い方には本当によく当たるのである。

◆

翌週は定期テスト一週間前ということで部活もなくなり、その分俺はテスト作りに追わ

れることになった。といっても素案はすでに考えてあるので特に問題はない。まあ恐らく

山城《やましろ》先生にはかなりダメ出しされるだろうが、そこは勉強だから仕方ない。

というわけで放課後職員室でＰＣとにらめっこをしていたのだが、どうも廊下がちょっ

と騒がしい。

どうやら二人の生徒が廊下で話をしているようだ。声の感じからして初等部の子のよう

だが、一人は清音ちゃんな気がするな。

「相羽《あいば》先生はそんな人じゃないから、ね？」

とか言っているのだが、いったい何の話だろうか。

どちらにしろ初等部の児童が高等部の職員室前に来ること自体ほぼない。気になったの

で廊下に顔を出してみた。

「そんなこと言っても、清音《きよね》にヘンな術かけたんだし、一度ちゃんと話を聞いておかないと危ないって」

「そんなこと言って、リーラちゃんはまた先生に変なことして困らせる気でしょ？　ダメだよああいうのは」

「それは別にいいじゃない、面白いんだし。それに清音もなにされたか気になるでしょ？」

「わたしは悪いことがあったわけじゃないし……、あ、相羽先生、こんにちは」

職員室前で言い合いをしている一人はやはり清音ちゃんだった。俺に気付くと礼儀正しくお辞儀をする。

「え、この先生が相羽先生なの……って、あっ、おとといの逃げたおじさん！」

もう一人は、なんと一昨日俺をハメようとした（？）生意気系褐色少女だった。勘の答え合わせが早すぎるなこれ。

「おじさんじゃなくて先生と呼びなさい」

「なに急に先生ぶって。わたしのことエロい目で見てたのがバレて逃げだしたクセに」

「リーラちゃん、ちゃんとした言葉で話さないと失礼だよ」

たしなめる清音ちゃんの言葉からすると、この生意気褐色少女は『リーララ』という名前らしい。いったいどこの国の名前だろうか。

「それで清音ちゃん、山城先生を呼んだ方がいいのかな？」

「あっ、違います。この間やってもらったおまじないのことで、リーララちゃんが相羽先生に聞きたいことがあるって来たんですけど……すみません」

「清音が謝ることないでしょ。ヘンなことしたのはこのおじさん先生なんだし」

そう言いながら下から生意気感全開な視線で俺を見上げるリーララちゃ……リーララでいいなこいつは。

「それでなにを聞きたいのかな。その前にここは職員室前だからあっちの廊下に行こうか」

ちょっと離れたところの廊下に移動すると、リーララは腰に手をあてて胸をそらした。

「清音にかけたっていうヘンなおまじないとやらをわたしにもかけてみて。どうせインチキだろうけど」

「これはいい子にしか効かないから君にかけても意味ないよ？」

「わたしがいい子かどうか決めるのは先生じゃないでしょ。さっさとかけて」

「かけるかどうかを決めるのは君じゃないからかけないよ」

「むっか！　小学校に忍び込もうとしてたクセに」

「おとといは土曜だから小学校誰もいなかっただろ。その前に証拠もないし」

なんか初等部の子と言い合いをしていると俺までガキになった錯覚に陥るな。ちょっと疲れる……と思ったらピンときた。

「もしかして君、松波《まつなみ》先生によく絡んだりしてない？」

「してるけどおじさん先生には関係ないでしょ」

あ～こいつか、同期の松波君の心労の原因は。まだちょっとしかしゃべってないけどこんなのに付きまとわれたら確かに病むわ。

どうやらおしおきが必要なようだなあ、この娘さんには。

「そういうことならおまじないをしてあげよう。いい子になるおまじないだけどな」

「うわバカっぽい。高等部の先輩にもそんなこと言ってるワケ？」

「ちょっとリーララちゃん、言いすぎだから。それにいつもより言葉が汚いよ」

清音ちゃんの健気《けなげ》さにくらべて、挑戦的な顔をするリーララの可愛《かわい》くなさが天井知らずだな。顔の造作だけ見りゃ同じくらい可愛いのに、中身でここまで差がつくんだから泣けてくる。

俺は構わず手のひらをリーララの鼻面につきつけてやる。

魔力を練って『ナイトメア』の魔法を準備。なあにちょっと怖い夢を十日ばかり見るだけの魔法だ。日本じゃ問題になりそうだが、『あの世界』では親が子どもをしつけるのに使っていた。

しかし魔法を発動しようとした瞬間、リーララが素早い動きで後ろに跳んだ。ああそういえばただ者じゃなかったんだっけ。まさかこいつ魔力を感知できるのか？

「ちょっ、アンタ何者!?　今ホントになんかしようとしたでしょ！」

「おや、インチキだとか言ってなかったかな？」

「とぼけないでよ。怪しい力使おうとしたのはわかるんだからねっ」

「あら、ずいぶん騒がしいわねえ。清音、なにかあったの？」

リーララが俺に指を突き付けて睨《にら》んでいるところで、背後から聞こえてきたのは山城先生の艶々《つやつや》ボイスだった。

さすがにこれ以上は廊下でやれる話でもないからちょうど良かった。

「あ、お母さん、ごめんなさい。ちょっと相羽先生にお話があって来たんだけど……」

清音ちゃんが謝っていると、さすがにリーララもバツが悪そうな顔をした。そのくらいの常識はあるようだ。

「すみません、騒いでたのはわたしです。用事は終わりましたので失礼します」

リーララは頭を下げると、清音ちゃんの手を取って去っていった。もちろん去り際に俺をキッと睨みつけて「また後でねっ！」と言い残していった。

二人の後ろ姿を見送って、山城先生は首をかしげるようなしぐさをしつつ溜息《ためいき》をついた。

「ごめんなさい相羽先生、清音が迷惑をかけちゃったみたいね。あの娘《こ》相羽先生のこと気に入っちゃったのかしら」

「いえ、もう一人の子のつきそいみたいでしたよ。山城先生はあのリーララって子のことはご存知ですか？」

「ええまあ、ね。神崎リーララ、彼女もちょっと訳ありの子なのよね」

意味ありげな流し目でドキッとさせる妖艶系美人先生。もちろんその目の意味は「彼女も裏がある女の子だ」という意味だろう。初等部にもそんな子がいるとは驚きだけど。

「でもなぜ彼女は相羽先生に興味を持ったのかしら？」

「どうやらこの間自分が清音ちゃんにかけたおまじないが怪しいと思ったみたいです」

「まあ、おもしろい娘ねえ。清音と仲がいいことは知ってたけど友達思いなのね」

あ〜、確かにそういう面もなくはないのか。言動からすると単にいちゃもんつけてイジりに来ただけみたいな感じだったけど。

間違いなく後でまた接触してくるだろうし、なんかめんどくさいのに関わってしまったなあ。

◆

テストを一通り作り終える頃には、時計は七時を大きく回っていた。職員室にはまだ残っている先生方もチラホラいらっしゃるが、お先に失礼をして帰途につく。

校門を出ていつもの坂道を下っていく。どうも首筋のあたりがちくちくするのだが、どうやら誰かが見張っているようだ。

家に帰れば新良《にいら》の弁当が食えるのでスーパーに半額弁当を漁《あさ》りに行く必要もなくなったが、今日はちょっと寄り道をする。

どこにしようか迷って、近くの公園に行くことにした。

公園のベンチに一人座って待っていたがなかなか下りてこないので、腹が減った俺は弁当を取り出して食い始めた。

うん、新良の弁当はマジで美味《うま》いな。うすうす感じていたことだが、新良は女子力というやつがかなり高いようだ。

「ちょっと、夜の公園で一人でお弁当食べるとかマジで変質者すぎるんだけど」

その声は上の方から聞こえてきた。見上げて姿を確認したいところだが、もし向こうが初等部の制服のままだとすると罠《わな》にかかるので顔は下を向いたままだ。

「少しは反応してよね、つまんないでしょ」

「どうせ上を見たらスカート覗《のぞ》いたとかいちゃもんつける気だろ？」

「うっわ、そこに気付く自体変態なんだけど。っていうかわたしが空飛んでても驚かないワケ？」

「いや、飛んでるかどうか見てないからわからないけど」

「ホントムカつくおじさん先生だねっ」

そう言うと、リーララは俺の目の前にストンと着地した。思った通り初等部の制服だが、背中に半透明の翼のようなものを広げている。かなりの魔力を感じるのでその翼で空を飛んでいたということだろうか。いずれにしても彼女は自分が普通ではないことを隠すつもりはないようだ。

「で、おじさん先生はいったい何者なの？　学校で使おうとしたのって魔法でしょ。清音にいったいなにをしたの？」

「俺は元勇者だ。清音ちゃんに使ったのはただの回復魔法だな」

「まあ正直に言うつもりはないんだろうから、ちょっと痛い目みてもらって……って、なんて言ったの今？」

「だから俺は元勇者だ。清音ちゃんに使ったのはただの回復魔法」

正直に包み隠さず答えてやったのに、リーララは「はぁ？」とか言って首をかしげる。

しかも全然可愛くない顔で。

「おじさん先生やっぱり頭おかしくない？　まあでも魔法を使うのは嘘《うそ》じゃないよね。すっごい古い魔法だったけど確かにわたしにも使おうとしてたし。あれなんの魔法だったの？」

「あれは悪い子に怖い夢を見せる魔法だ。しかし古い魔法っていうのはどういう意味だ？」

「どうもこうもないでしょ。想起してた魔法陣自体時代遅れのやつだったし。そもそも魔法陣を想起するってところからして古くさいからね」

「なに……？」

デコピンをくれてやりたくなるリーララのドヤ顔はともかく、言っている内容はかなり気になるところがあった。

確かに俺の……というか『あの世界』の魔法は、まず脳内に正確な魔法陣を想起するところから始まる。その魔法陣は発動する瞬間空間に現れるのだが、基本的には不可視だ。

その魔法陣が見えるらしいリーララはそれだけで特殊な人間である。しかしそれ以前に魔法発動のやり方を知っていて、なおかつそれを「時代遅れ」と断じるということは……

「君はもしかして『あの世界』の人間なのか？」

「なによ『あの世界』って」

「俺が召喚された、剣と魔法と魔王とモンスターの世界だ」

「全然違うし。確かに魔法、というか魔導技術は発達してる世界だけど、モンスターとか魔王とかとっくの昔に駆逐されてるから」

「ああそうか、なるほど……なるほどな……」

まさかとは思うが、リーララは『あの世界』の未来人、なのだろうか。なんかとんでもない話がいきなり湧いてきたぞ。

「それで君はなにしにこっちの世界にやってきたんだ？　先生方は知っているんだよな？」

「あれ、おじさん先生ってそっち側の先生なんだ。まあそれはそうか、一応魔法は使えるみたいだし。そうね、わたしのことは校長先生とかは知ってるから。わたしがこっちに来た理由はそのうちわかると思うよ。そろそろだしね」

「そろそろ？　なにがだ」

「あそこ、わかる？」

リーララが指したのは夜空の一点だった。星がぼちぼち出ているだけで特におかしいところはない。

しかし目を凝らすと、星の光を掻《か》き消すようになにか黒いものが広がっているのが見えた。夜空よりも黒い、円形の穴のようなものが上空にぽっかりあいているらしい。

その穴や、穴周辺の魔力の流れには強烈な既視感がある。というかあれは……

「『空間魔法』か？」

「近いかな。わたしたちは『次元環』って呼んでるけど、要するに二つの世界をつなげる通路みたいなもの。原理的には『空間魔法』の別空間を定義するやりかたに似てるから」

リーララが急に頭がよさそうなことを言い出したのにビックリしていると、その『次元環』とやらの奥から強烈に嫌な魔力があふれ出してきた。『魔王』の魔力とはまた違った、ドロドロしたヘドロみたいな魔力だ。

「なにか出てくるのか、あそこから」

「出てくる前になんとかするのがわたしの役目」

リーララの背中の翼が光を増した。その小さな身体《からだ》がすうっと宙に浮かぶ。

空中でその姿が光に包まれたかと思うと、次の瞬間リーララは妙な格好に変身していた。

白いレオタードをベースに、ヒラヒラした布とか、ちょっと鎧《よろい》っぽいパーツがついたような、一言で言えば女児向けアニメの戦うヒロインみたいな格好だ。いや、俺はそういうアニメは見たことないけど。

「ヘンな目で見るなヘンタイ。そこで待っててよ、話はまだ終わってないんだから」

手に持った、弓を模したような魔道具を一瞬だけ俺に向け威嚇《いかく》して、リーララは空に開いた穴に向かって飛んで行った。ちなみに『魔道具』とは、『あの世界』にあった魔力で動く道具の総称だ。

「待っててと言われても、さすがにこれはちょっと興味湧くよなあ……」

俺はリーララの翼が発光した時に見えた魔法陣を脳内に想起する。確かにこれは俺の知らない魔法陣だ。

魔法陣に魔力を流すイメージ。すると身体が軽くなっていくのがわかる。そのまま魔力を強くすると遂《つい》に身体が浮かび上がった。

ほうほう、これは便利だ。なるほど魔力に指向性を持たせればそれだけで機動できるのか。

空を数回旋回してみると完全にコツがつかめた。このあたりは勇者だから当然ではある。

「よし、後を追うか」

俺は空の穴に向かって身体を一気に加速させた。

その穴は上空五百メートルくらいのところにあった。大きさは直径二十～三十メートルというところか。

リーララを追ってその穴に飛び込む。瞬間宇宙空間に放り出されたような錯覚に陥った。後ろに開いた黒い穴以外、全周囲星の海である。

しかしよく感知スキルを働かせてみると、その無窮《むきゅう》にも見える空間が一本の管のように仕切られているのがわかる。

そしてその管の遠くの方に、なにか奇妙なものが浮いていた。ぶよぶよした、不定形のスライムみたいな『なにか』だ。

手前に浮いているリーララと比べると、その『なにか』は縦横に百メートルくらいあるだろうか。常に形を変えているので正確にはわからないが。

俺が飛んで行って隣に並ぶとリーララは目を丸くした。

「ちょっ、おじさん先生なんでついてきてんのよっ！っていうかどうしてついてこられるワケ!?」

「君の魔法を拝借させてもらった」

「はあ!? うわ、『機動』の魔法陣を想起で使うとか見たことないんだけどっ」

「まあそれは後で。それよりコイツはなんだ？」

そう聞くと、リーララは眉を寄せて苦虫を噛《か》みつぶしたような顔になった。どうも言いたくない……というか言いづらい話のようだな。

「う～……これはね、『不法魔導廃棄物』って言って、わたしの世界のゴミなの」

「ゴミ？　これが？」

「そ、魔導技術が発達したおかげで色々便利になったんだけど、その裏で汚染された魔力が大量に発生しちゃってんの。こっちの世界でもあるでしょ、そういうの」

「まあそうだな」

「ただ困ったことに、それがなぜか『次元環』を通って別の世界に溢《あふ》れちゃうのよね。だからそれを掃除するのがわたしの役目なの」

「掃除、ねぇ……」

こちらに近づいて来る不定形の巨大な物体は、確かにただのぶよぶよした廃棄物のようにも見える。

だが俺の感知スキルが、コイツは『物』ではなく『生き物』、つまり『モンスター』だと判断してるんだよな。

「さてと、じゃあ始めるからおじさん先生は下がってて。邪魔だから」

「オーケー下がっとく」

まあともかくもお手並みは拝見しておかないといけないな。見せてもらおうか、俺が救った世界の未来の魔導技術とやらを。

「アルアリア、スタンバイ！　行くよっ！」

リーララが弓型の魔道具を構える。構え方もまんま弓を引くような動作だ。

ちなみに「アルアリア」は『あの世界』の狩猟の女神の名前だ。あの魔道具の名前のようだが、そこからもリーララが『あの世界』出身なのは確定だ。

俺がそんなことを思っていると、弓型魔道具『アルアリア』から光の矢が高速連射された。

マシンガンのように射出された光の矢は、次々と『不法魔導廃棄物』のぶよぶよの身体に突き刺さる。どうやら光の矢には『炸裂《さくれつ》』の効果が付与されているらしく、着弾すると弾《はじ》けてぶよぶよを吹き飛ばした。

バラバラにはじけたぶよぶよな物体は、細かくなると蒸発するように消えてしまうようだ。そうやってこのぶよぶよを消滅させるのが、リーララが言う「掃除」ということなのだろう。

だがやはり思った通り、『不法魔導廃棄物』の方にも動きがあった。不定形な巨体のあちこちが盛り上がると、そこからぶよぶよが触手のように伸びはじめたのだ。もちろんその触手は四方からリーララをとらえようと迫る。

「遅いんだよね～っ！」

もちろん黙って捕まるリーララでもなく、高速機動しながら光の矢で触手を的確に射抜いていく。俺から見てもかなり手慣れた戦いぶりだ。

しかしあと少しで触手が全部なくなる、というところで『不法魔導廃棄物』がさらに触手を生やしてきた。数がさっきの倍だ。リーララの対処が次第に間に合わなくなっているのがわかる。

「あ～もうしつこいっ！　いったん離れるからおじさん先生も離れてっ！」

「おう」

距離を取ると、『不法魔導廃棄物』はゆっくりとこちらに動きながら無数の触手を伸ばしてくる。

「アルアリア、スナイプスタンバイ！」

リーララが振り向いて構え直すと魔道具が上下に伸びた。ちょうど短弓が長弓に変化したような感じだ。

射出された光の矢は、先ほどよりも魔力の収束率が高い。連射性能を落として威力を上げたというところだろうか。リーララが光の矢を放つたびに触手が一本ずつ消滅していく。見た感じ負けることはなさそうだが、これじゃ少し時間がかかりそうだな。リーララには聞きたいこともあるしちょっと手伝うか。

「あの触手を全部消せばいいんだな？」

「はあ？　おじさん先生は黙ってて！」

「じゃあ黙ってやるわ」

リーララの魔道具が発している魔法陣を模倣。『並列思考』スキルを全開にして多重展開、同時照準、射出。

俺の手の先から放たれた無数の光の矢が一瞬にしてすべての触手を吹き飛ばす。

『不法魔導廃棄物』のぶよぶよした巨体がぶるっと震え、動きが止まった。なんだ？　もしかして怖がっているのかコイツ？

「は……ええっ!?　今なにしたのおじさん先生!?」

「なにしたって、見ての通り魔法を使ったんだ。この魔法陣よくできてるな。威力の割に消費魔力が小さい。技術の進歩は大したもんだ」

「やってることが非常識すぎでしょ！　なんで一度にあんなに魔法陣を想起できるのよっ！」

「なんでと言われても勇者だからとしか言いようがない。鍛錬の賜物《たまもの》だ」

「ふざけたおじさん……でもまあいいか。今は仕上げをしないとだし」

リーララはまだなにか言いたそうだったが、仕事中であることを思い出したのかフンっといった感じで顔を『不法魔導廃棄物』の方に向けた。

魔道具『アルアリア』を腰のポーチにしまい……『空間魔法』がセットされているようだ……代わりに大きな筒のようなものを取り出した。なんとなくバズーカ砲に似てるそれをリーララは腰だめに構える。

「『マギコラプサー』発射！」

いちいち声を出す必要もないと思うのだが、それが魔道具のトリガーになっているのかもしれない。

筒の先からシュポーンと発射された砲弾が、一直線に『不法魔導廃棄物』に向かって飛んで行く。

命中する直前にその砲弾は爆発したように爆《は》ぜ、網のような魔力が一気に広がって『不法魔導廃棄物』を包み込んだ。

魔力の網は『不法魔導廃棄物』の巨体を締め付けるように縮んでいく。網目から漏れたぶよぶよは蒸発したように消えていくのでこのまま消滅させるのかと思ったのだが……

「あれ、なんかモンスターみたいになってないか？」

「そ、あれが『不法魔導廃棄物』の本体なの」

魔力の網の中にあったぶよぶよの不定形物質が消えていくと、そこには超巨大なミミズ……『ワーム』というモンスターに似たものが姿を現した。

魔力の網の中でウネウネと長い身体《からだ》をくねらせ、なんとか拘束から逃れようともがいている。

「あんな巨大な『ワーム』は見たことないな。いつもあんなのと戦ってるのか？」

「まあね。今日のはちょっと大きめだけど、あれを倒さないと『不法魔導廃棄物』を処理したことにはならないから」

「しかしあれは明らかにモンスターだろ？　君の世界にモンスターはいないんじゃなかったのか？」

「だってこの空間はわたしのいた世界じゃないし」

いやそういう問題なのかなあ。というか、あっちの世界にモンスターがいなくなった代わりにこっちの世界にモンスターを押し付けるようになったってことか？

それはまたかなりマズいことをしてると思うんだが……まあそのためのリーララなのか。

「それよりあれおじさん先生がやっちゃってよ。いったいどれだけ魔法が使えるか見てあげるから」

「なんで上から目線なんだよ……」

文句を言いたいところだが、俺がやった方が早いだろう。

ちょうど巨大ワームが魔力の網を食い破って自由になったところだった。長い胴をくねらせながらこちらに向かってくる様は、もはやワームというより東洋の龍みたいな感じだ。

ただ先端に顔はなく、牙が並んだ十字に裂けた口があるだけだが。

俺は右手を前に出して構える。

魔法陣想起、魔力充填、射出──

手のひらから炎の槍《やり》が三重の螺旋《らせん》を描きながらほとばしる。勇者パーティの賢者が得意だった『トライデントサラマンダ』、勇者魔力乗せバージョンだ。

三重螺旋炎槍は巨大ワームの口に突き刺さると、螺旋を拡《ひろ》げながらワームの巨体を切り裂き、最後は小型の太陽のような輝きを放って炸裂、ワームを跡形もなく爆散させた。

この魔法をこっちの世界で最後まで出し切ることはないと思ってたんだが、いいストレス解消になったな。しかも前より威力も上がってるし。

さて、謎の上から目線少女に今の魔法はどう見えただろうか。

ちらと横を見ると、リーララは目を丸く開いたまま完全にフリーズしていた。

俺たちは『次元環』から出ると夜の公園に再び降り立った。

あれほどの戦いがあったにもかかわらずこちらの世界は静かなままだ。

夜空を仰ぐと黒い穴はすでに消え去っていた。

「なんかおじさん先生のせいで疲れちゃった。今日はもう帰って寝る」

リーララは俺に冤罪《えんざい》をかぶせるとふわりと飛び上がった。

「なあ、君の世界について話が聞きたいんだが」

「それは後でね。わたしもおじさん先生には聞きたいことがあるし、情報交換ってことで」

「そうか。なら職員室前では騒がないように頼むな」

「学校でできる話じゃないでしょ。適当な時に会いに行くから。じゃあね」

そう言い残してリーララは空へと消えていった。

そういえば彼女は誰かと暮らしているのだろうか。『あの世界』から一人でやってきてるとしたらそれはそれで大変そうだ。

俺が心配するようなことでもないし、そもそも生意気な子どもなんぞどうでもいい……とはさすがに言えないんだよな。あんなでも一応はウチの生徒だしなあ。

――明蘭《めいらん》学園初等部　五年二組教室　とある女子二人の会話

「えっ？　リーララちゃんあの後相羽《あいば》先生に会いにいったの？」

「まあねっ。ヘンなことしようとしてきてたし、話をつけようと思って」

「ヘンなことって、あれはリーララちゃんが悪いよ。どう見たって相羽先生に悪い言葉使ってたもの」

「いいのいいの、ああいうおじさんはそれくらいしないとこっちが気があるって勘違いするんだから」

「いくらなんでもわたしたち相手にそんな勘違いはしないと思うけど……」

「清音《きよね》はまだそういうの知らないからね。世の中にはヘンタイがいっぱいいるんだから、気を付けないとダマされるよ」

「そうかな……。でもおまじないは本当に効いたし、お母さんもいい人だって言ってたから相羽先生は大丈夫だと思うけど」

「まあそのおまじないについては本物かもね。それだけは認めてあげてもいいかなとは思った」

「ふふっ、リーララちゃんどうしてそんなに偉そうなの？　でもリーララちゃんが言うなら本当なのかあ。聖女先輩みたいだよね」

「あ〜、聖女先輩ね。確かに同じ能力かも。病気を治せるっていうのはちょっと特別なのよね」

「リーララちゃんはできないの？」

「ん〜、怪我《けが》は治せるんだけどね、病気は別枠なの。だからおじさん先生もちょっと特別かも」

「そうなんだ、特別な人なんだ……。なんか見た時にそんな気がしたんだよね」

「えっ、ちょっと清音、なんかヘンなオーラ出てない？　ダメだよあんなおじさん」

「違うよ。なんかお母さん最近疲れてるみたいだし、相羽先生になんとかしてもらえないかなって思ったの」

「あっそっちね。清音のお母さんってすごい美人だから、あんなの近づけたら危ないって」

「でも仕事は一緒にやってるみたいだよ。それにお母さん家だと最近寂しそうだし」

「そういうのは子どもが考えることじゃないからねっ。清音ってヘンなところで気を回しすぎ」

「そうかなあ。わたしもお父さんができるなら優しい人がいいし」

「それは先走り過ぎでしょ。少なくともあのおじさん先生はないから」

「でもわたしの病気も治してくれたし、見た目もかっこいいよね」

「アレが？　清音趣味悪くない？　だいたいそんなこと言って、もしおじさん先生が清音の方に興味あるって言ってきたらどうするの？」

「そんなこと言うかなぁ？」

「世の中には色んな男がいるんだからね。というかあのおじさん先生はそのへんすごく怪しいし」

「ええ～？」

「そういう場面も考えておかないといざというとき困るでしょ。で、どうなの？」

「う～ん、相羽先生だったら……その時にならないとわからない、かな」

「……いや、そこははっきりヤダって言うところでしょ。清音のそういうほんわかしたところ、わたし理解が追いつかないんだよね～」

六章　九神家

リーララと共闘（？）した翌々日。

四限目の授業を終えて教室から出ると、廊下で金髪縦ロールなお嬢様が待ち構えていた。

「相羽先生、少しよろしいでしょうか？」

「ああ、大丈夫だよ」

「この間の古文書を調べていただく件なのですけれど、今週の土曜日に来ていただくことは可能でしょうか？」

「俺は問題ないけど、テスト前だし九神《くかみ》さんが困るんじゃないか？」

教師として気を利かせたつもりなのだが、九神はロールヘアーを片手でファサッとかき上げて庶民見下し系の笑みを漏らした。

「御心配には及びませんわ。すでに範囲は一通り勉強し終わっていますので」

「それは大したもんだね。わかった、何時にどこへ行けばいいのかな？」

「午前九時に先生のアパート前に迎えをおくりますわ」

「了解。一応山城《やましろ》先生には話を通しておいてもらっていいかい」

「すでに伝えてありますわ。では土曜日に」

俺の背後へちらっと視線を投げてから、舞うように踵《きびす》を返して九神は自分のクラスへと戻っていった。

振り返ると、黒髪ロングの女子がいつもの怖い目つきでこちらをじっと見ていた。なるほど九神がわざわざ一組前の廊下に来たのは、俺にちょっかいを出すところを青奥寺《あおうじ》に見せつけるためだったか。どちらも成績トップクラスの生徒なのにやってることが子どもの意地の張り合いになってるな。

「先生、世海《せかい》の家に行くんですか？」

青奥寺がジトッとした目を俺に向ける。

「家に古文書があってそれを読んで欲しいんだそうだ」

「そんなの表面上の理由だってわかってますか？」

「まあな。でも古文書があるのも嘘《うそ》ではないだろうし、九神家というのがどんな感じなのかも興味はあるからなあ」

「変なことに巻き込まれるかもしれませんよ」

「さすがにそれはないとは思うけどね。ま、巻き込まれたら巻き込まれたでどうとでもなるから」

俺の言葉が気安く聞こえたのだろう、青奥寺は軽く溜息《ためいき》をついた。

「先生なら大丈夫でしょうけれど……でも気を付けてください」

「そうするよ。それと俺にとっては自分のクラスの生徒が優先だから」

と一応九神の側《がわ》にはつかないことをほのめかしておく。女子はそういうのに敏感だからなあ。

「そっ、そうですか。いえ、そうですよね。担任の先生ですからね」

ちょっと驚いたような顔でそう言うと、青奥寺は「失礼します」と言って自分の席に戻って行った。

ちらと見ると双党《そうとう》はニヤニヤ笑っていて、新良《にいら》はいつもの無表情だった。なんだかよくわからない反応だが間違った対応をした感じでもなさそうだ。なんにせよテスト前なんだし、そっちに集中してもらいたいものだ。


「そういえば相羽先生、お弁当は結局一日しか持ってきてないのね」

職員室で昼食のコンビニ弁当を食べていると山城先生が肩越しに後ろから覗《のぞ》き込んできた。妖艶系美人なのにときどき距離感がおかしくなるのは本当に困る。

「ええ、結局面倒くさくて戻っちゃいました。その分夜にしっかり自炊するようにしてます」

「それならまだ大丈夫かしらね。栄養がかたよると後で体調崩すから気を付けてね」

「野菜は多めに食べるようにしますよ」

実際夜食べている新良の弁当は温野菜多めでいかにも身体《からだ》に良さそうである。朝飯も適当だし、俺の健康は新良の腕にかかっていると言っていいだろう。

「あ、そうそう、九神さんが先生を家に呼ぶって話は聞いたかしら？」

「ええ、さっき言われました。家にある古文書を読んで欲しいとか」

「悪いわね、違うクラスの生徒の対応をしてもらっちゃって。普通は教員を校務と関係ない用事で家に呼ぶなんて考えられないんだけど、九神さんはちょっと、ね」

眉を寄せて困ったような顔をする山城先生。にじみ出る色気のせいでここが職員室だと一瞬忘れそうになる。

しかしまあ、やはり九神は特別な扱いをせざるをえない生徒のようだ。九神家はネットで調べただけでも結構な資産家だとわかる家なんだが、その上権力者ともつながってるらしいからなあ。

「いえ、半分は個人的な話なので山城先生が気にされることじゃないですよ」

「そうなの？　彼女に目をつけられたらそれはそれで大変そうだけど……先生は古文書を読むのは得意なのね。普通は地歴の先生の守備範囲だと思うけど」

「得意と言えば得意ですね。九神の家の古文書なんて先生も興味湧きませんか？」

「興味がないということはないわね。どんな内容だったか後で教えてくれる？」

「口止めされなければ」

「ふふっ、それもありそうで怖いわね。そうそう話は変わるけど、清音が相羽先生のことを結構気にしてるみたいなの。リーララちゃんが迷惑かけてるみたいだから……って言ってたわ」

そういえば清音ちゃんはリーララのことをどこまで知っているのだろうか。山城先生に確認を取ってもいいが……藪蛇《やぶへび》になりそうな気もするから自重しよう。

「それは清音ちゃんが気にすることじゃないんですけどね。リーラ……神崎さんがしつこいようなら俺の方で指導するから大丈夫だって言っておいてください」

「どうしてもというときは相談してね。向こうの担任の先生になんとかしてもらうから」

「わかりました。でも多分大丈夫ですよ」

俺の中ではリーラはいざとなったらこめかみグリグリしていいリストに入っているので問題ない。まあ奴《やつ》もそこまでひねくれてるわけでもない気はするんだが。

「しかし清音ちゃんはいい子ですね。自分が小学生だった時のことを思い出すと泣けてきますよ」

「あらありがとう。相羽先生が褒めてたって清音には伝えておくわね。でもスマホの次はお父さんが欲しいかも、なんて言い出して困ってるのよ。あの年頃の子がなにを考えているのか母親でもよくわからないのよねえ……」

頬に手をあてて溜息をついている山城先生の姿は、それだけで父親候補なんていくらでも寄ってきそうではある。むろん俺はそこに名乗り出るほど身の程知らずではない。勇者は謙虚さを忘れてはいけないのである。

放課後山城先生とテスト問題の検討会をしていたら、アパートに帰るのが八時を過ぎてしまった。

自室の扉を開けようとして、俺は感知スキルが部屋の中に人がいると警告を出していることに気付いた。

確かに勇者時代には暗殺者に狙われることもあったが、さすがにこっちの世界ではまだそこまで名は知られてはいないだろう。

ならば空き巣か？　と考えつつ一気に扉を開けると、

「帰るの遅い！　二時間も待ったでしょ！」

スマホ片手に俺のベッドに横になっているクソガ……神崎リーララの姿がそこにあった。

「おま……どうやって入ったんだ？　いやそれ以前になんで俺の部屋を知ってる？」

「魔法使えば鍵なんて簡単に開くでしょ。おじさん先生くらい魔力が強ければ跡をたどるのも簡単だし。まさかそんなことも知らないの？」

くっ、確かに言う通りだ。あまりの驚きにコイツが魔法使うのを一瞬忘れてた。

「……まさか部屋に入るの見られてないだろうな」

「くっ、ぷぷっ。わたしが部屋にいるのバレたらおじさん先生がヘンタイ先生になっちゃうね」

ベッドに腰かけてむかつくニヤケ顔をするリーララ。くそ、すぐにこめかみグリグリの刑に処してやりてえ。

とはいえコイツは話をしに来たんだろうし、こちらも聞きたいことがある。ここはガマンだ。

俺はネクタイを外してテーブルの脇に腰を下ろす。

「話すこと話したらさっさと出ていけよ」

「おじさん先生の部屋なんていたいワケないでしょ。なにカンチガイしてるのぉ？」

「ああそりゃそうだな悪かった。で、俺が聞きたいのは君の世界の歴史についてだ。勇者とその仲間が魔王を倒した話なんてのは残ってるのか？」

「あ〜つまんないおじさん」

俺が煽《あお》り言葉を受け流したのが退屈だったのか、リーララはやれやれ、みたいな感じで肩をすくめた。すべての動作が相手を煽る力に満ちてるんだから大したもんだ。

「ま、いいや。勇者と魔王の話は残ってなくもないけど、大昔の戦国時代の一部って扱いだったかな」

「あ〜、そんな扱いなのか……。じゃあ勇者の仲間がどうなったかなんてのは……」

「たぶん記録も残ってないんじゃないかなぁ。戦国時代の後に大統一帝国が生まれて、それ以前の記録を全部燃やしちゃったんだって」

なるほど、魔王がいた時は国同士が争う余裕もなかったが、魔王がいなくなって戦国の世になってしまったのかもしれないな。世界を救ったはずなんだが、人の世から争いが消えなかったというならやるせない話だ。

しかし俺がこっちに戻ってきた時に時間軸が戻っていたからなんとなく感じていたが、異世界間の移動は時間を飛び越えるんだろうか。いや、あの勇者召喚の儀とかいうのがイレギュラーだったのかもしれないな。勇者パーティの賢者に話を聞いたらかなりムチャクチャやってたみたいだし。

「それで、おじさん先生は自分が魔王を倒した勇者だって言いたいワケ？　この間もそんなこと言ってたよね」

「まあな。ただ君の世界にその話が残ってないんじゃしょうがない。俺のことは古い魔法が使える先生だとでも思ってくれ」

「そんなので片づけられるワケないでしょ。昨日最後に使ってた魔法は信じられないくらい複雑な魔法陣だったし、威力もとんでもないし。もしかしてロストテクノロジーの継承者だったりするの？」

「そんな大それたものじゃ……いやもっと大それてるのか。その言い方だと魔法の技術もどこかで断絶したのか？」

「今言った大統一帝国が魔法の技術を独占しておきながら、その後内乱でメチャクチャになって魔法の技術が散逸《さんいつ》したんだって。わたしたちが使ってるのはその散逸した技術をなんとかかき集めたのがもとになってるって話」

「そりゃまた難儀なことで。そういうことなら確かに俺はロストテクノロジーを持っているのかもしれないな」

そう言いつつ、腹が減っていたのを思い出して『空間魔法』から新良の弁当を出す。

うん、今日も美味《うま》い。持つべきものは料理のうまい教え子だな。教師としては完全に失格な発言だけど。

俺がいきなり飯を食い始めたのをリーララは呆《あき》れた顔で眺める。

「なんで唐突にお弁当食べ始めるのよ。それより今の『空間魔法』でしょ。しかもお弁当を入れていたってことは時間も止められる感じよね」

「それが普通だろ？」

「それもロストテクノロジーなの。全く、こっちの世界におじさん先生みたいな人がいるなんてふざけてるでしょ」

ま～たひとに冤罪《えんざい》ふっかけやがってこのクソガ……生意気娘は。

「ふざけてるってのはないだろ。俺に魔法教わりたいなら態度を改めることだな」

「へぇ、教えてくれる気あるんだ？」

「君の世界で学んだ知識だからな。それを返すのはやぶさかではない」

「なにがやぶさかではない、よ偉そうに。まあ教わっても仕方ないんだけどね。どうせ伝えられないし」

「なぜだ？　自由に行き来できるんじゃないのか？」

「あ～、実は『次元環』は今のところ一方通行なのよね」

「はぁ？」

それってもしかしてコイツ帰れないのにこっちの世界に来たってことなのか？　この間言ってたお役目のために？　いやいやまさかそんな……

「なにその目？　別におじさん先生に同情されてもうれしくないから勘違いしないでね」

「おうわかった」

俺が弁当を食べるのを再開すると、リーララはムッとした顔をして、そのままベッドに横になって布団をかぶってしまった。

寂しいならそう言えば少しは優しくしてやったのに……ではなくて、マジで帰れないのか？　なんだそれ、子どもをそんな風に扱うって、あっちの世界の倫理観はどうなっているんだろうか。

「……あ、おい、もしかしてそのまま寝るつもりじゃないだろうな」

俺が気付いた時にはリーララはすでに寝息をたて始めていた。


翌朝俺がテーブルの脇で目を覚ました時には、リーララはすでに部屋にいなかった。

あいつが部屋から出る時に人の目に触れてなければいいんだが……さすがにそれくらいの常識はあると期待しよう。

学園の校門を通ったあたりで前方に細身の男が歩いているのが見えた。同期のイケメン教師、松波真時《まつなみしんじ》君である。

「松波先生おはようございます」

「ああ相羽《あいば》先生ですか。おはようございます」

振り返った松波君は学園赴任当初の生気ある顔に戻っていた。このあいだの回復魔法が相当効いたのだろうか。

「今日はずいぶんと元気そうに見えますね。なにかいいことがあったんですか？」

そう聞くと、松波君は心底嬉《うれ》しそうな顔をして頷《うなず》いた。

「ええ、どうやら悩みの種の女子が僕を標的から外したようでしてね。今解放感に浸っているところですよ。ああそう、この間のおまじないも効きました。相羽先生にも感謝してますよ」

「それは良かったですね。まああの年頃の子なんて気まぐれなんでしょうね」

「そうなんでしょうね。その気まぐれで他の方に迷惑がいってなければいいんですが」

残念ながらその心配は的中しているんだよなあ。とはいえそれを言うと彼も気をもむだろうし、俺の方はリーララごときどうにでもなるので問題はない。

他愛ない話を少しして、俺と松波君はそれぞれの校舎に向かおうとする。

そのとき後ろから接近してくる気配があった。

「あっ松波先生おはよ～っ、あとおじさん先生もおはよ」

「先生方おはようございます」

リーララと清音《きよね》ちゃんだった。松波君は褐色ひねくれ女子を見て顔を一瞬引きつらせる。

「……あ、ああ、おはよう」

「おはよう清音ちゃん。そっちの君もおはよう」

俺が清音ちゃんの方だけ見て挨拶を返すと、リーララがわざわざ俺の視界にふてくされたツラをねじこんできた。

「そっちの君ってなに？　先生なのにそういう不公平な扱いをするワケ？」

「相互主義ってやつだ。君が俺のことをきちんと呼んだらこっちもそれなりの対応をしてやる」

「あっもしかしておじさんって言われるのが気に入らないの？　ふぅ〜ん、一応そんなプライドがあるんだ」

「プライドじゃなくて礼儀の問題だ。わかるかリーララちゃん？」

「うわキモっ！　そんな風に呼ばれるのゴメンだからおじさん先生呼び継続っ！」

ビシッと俺の目の前に指をつきだして、リーララは嵐が通り過ぎるように去っていった。

清音ちゃんが「相羽先生申し訳ありませんっ！」と頭を下げ、慌ててその後を追いかけていく。

松波君は二人の後ろ姿を見送ってから俺の方を振り返った。尊敬の眼差《まなざ》し、みたいな感じなのは気のせいじゃなさそうだ。

「相羽先生、あの神崎相手に一歩も退《ひ》かないとは……僕は先生のことを尊敬しますよ」

ええ、そこまでの相手かなあ。いやそれより奴には一度礼儀を徹底的に叩《たた》きこんだほうがいいのかもしれないな。第二の松波君が生まれないように。

◆

その後は特に何事もなく、テストも無事完成して安心して週末を迎えることができた。

土曜の朝九時にアパート前で待っていると、黒塗りの高級セダンが目の前に停《と》まった。

運転しているのは白ひげの老紳士、九神世海《くかみせかい》つきのプロフェッショナル執事氏だ。

俺が後部座席に乗り込むと車は静かに走り出した。

「迎えにきていただいてありがとうございます」

「相羽様は大切なお客様ですので当然のことでございます」

こんなセリフをさらっと言う人がいるというだけで驚きである。庶民の知らない世界ってあるんだなとつくづく実感する。別の意味で知らないはずの世界はいっぱい知ってるんだがなあ。

九神邸に着くまでにお話をしたが、執事氏は中太刀《なかたち》さんといって九神家にゆかりの深い家の出らしい。

もとから執事だったわけではなく、ご子息に家督をゆずってから九神世海のお世話役になったようだ。言うまでもなく九神家の信が篤《あつ》い人なのだろう。

いろいろ話はしたが、さすがにあの時の結界の術のようなものについてはうまくはぐらかされてしまった。

中太刀氏の巧みな話術のおかげで退屈することもなく三十分ほど車に乗っていると、九神の家に到着した。

車を降りて門をくぐった先にあったのは、最先端のマテリアルをふんだんに使っていると思われる近代的な家、それも間違いなく豪邸と言っていい建物だった。

前面に広がる庭も近代的な様式のもので、古式ゆかしい青奥寺《あおうじ》家とは正反対の佇《たたず》まいの住まいである。

中太刀氏の後についていくと普通の家の倍はありそうなスケールの玄関が眼前に現れる。促され中に入ると、白を基調とした近代的高級インテリアをバックに、金髪縦ロールのお嬢様が出迎えてくれた。

「おはようございます相羽先生。ようこそいらっしゃってくださいました。どうぞこちらへ」

九神世海は隙のないお嬢様的所作で俺を応接間まで案内すると、中太刀氏にお茶の用意を指示し、自身は応接間に残った。

「どうぞおかけになってください」

どう見ても俺が着てる安物スーツとは釣り合わない高級感満点のソファに座る。

九神は対面のソファに腰をおろし俺に涼しげな眼《め》を向けた。学園にいる時よりお嬢様度が爆上げになっている気がするな。

「今日はご無理を申し上げて本当に申し訳ありません。先生が来て下さって嬉しく思いますわ」

「九神さんも学園の生徒だから教師としてはお願いをされたら無下《むげ》にはできないさ。家に呼ばれるのはかなり例外的なことだけど」

「そうですわね。それは自覚しておりますわ。本来なら私の両親にも会っていただくところなのですけど、どちらも先日日本を離れてしまったものでして」

「九神家のご当主夫妻となればお忙しいのはわかるよ。そこは構わないんだけど、ご両親は俺が来ることは知っているんだろう？」

「ええ、連絡はもちろんしておりますわ。両親も承知しておりますのでご心配なく」

九神はしれっと言うが、もし家に教員が来るとなったらいくら忙しくても親なら手紙か電話の一本くらいは寄越《よこ》すだろう。それがないということは、伝えたけれど了解は得てないとかそういう可能性もありそうだ。

そこで中太刀氏がメイドさんを連れて入ってきた。二十代半ばくらいの、妙にデキるオーラがある眼鏡美人のメイドさんだ。動作に隙がないので九神お嬢様のボディーガードを兼ねてるとかそんな感じなんだろう。ロングスカートの下に暗器を隠してたりしてそう。

彼女がサーブしてくれた紅茶に口をつけると、その美味さと香り高さに資本主義社会の悲哀を感じてしまう。

「ところでお兄さんとは仲直りしたのか？」

中太刀氏はともかく、立場不明のメイドさんがそのまま部屋に残ったのでボカして聞く。

メイドさんの眼鏡の奥が光った気がするな。

「ええ、おかげさまで。父にも出張ってもらってとりあえずは収まりましたわ。先生のご、用事も減ったのではなくて？」

「そうだな、あれから青奥寺からの連絡はないよ」

もっとも宇宙人の兵隊と異世界からの巨大モンスターは来てたけど。

「それはようございましたわ。そうそう、中太刀、あれを」

「は、こちらですな」

中太刀氏がテーブルの上に置いたのはやたらと分厚い封筒だった。正直それにはすごく見覚えがある。青奥寺家からもらったアレと同じものだろう。

九神はその封筒を俺の方にすっと押しだすと、姿勢を整えて一礼した。

「あの時は危ない所を助けていただき本当にありがとうございました。お礼が遅れたことをお詫《わ》び申し上げますわ」

「それはどういたしまして、なんだが、さすがにこれを受け取るのは……」

「青奥寺家からは受け取っていると聞いておりますわ。こちらも校長先生に話を通せば問題のないものですのでどうかお受け取り下さい。……奨学金なども大変だと思いますので」

「あ〜、まあなあ……。わかった、受け取らせてもらうよ」

ちらりと自分達《たち》の情報収集能力をアピールするあたり到底十代の少女とは思えないな。

「ふふっ、プライベートな所に触れられても眉一つ動かさないのですね。失礼なことを申し上げましたわ、申し訳ありません」

「それはいいよ。お互い様だからね」

「うふふっ、確かにそれもそうですわね」

あ〜なんか『あの世界』のクソ貴族と腹の探り合いをしたのを思い出すなあ。九神の方が美少女なぶん救いはあるけど。

「さて、お礼も受け取ってもらえたことですし早速書庫の方に案内させていただきたいのですけれど、よろしいでしょうか」

「ああもちろん。そのために来たんだし」

「では中太刀、案内して差し上げて。宇佐は私と一緒に」

「は」

「はい、お嬢様」

九神は「所用を済ませて参ります。なにかあったら中太刀に聞いてくださいませ」と言い残し、メイドさんを連れて出て行った。

俺は中太刀氏に豪邸の奥まったところにある部屋へと案内された。重そうな耐火扉を開くと書物のすえた匂いが漂ってくる。嫌いじゃない雰囲気だ。

その部屋は図書館の閉架のような雰囲気で、頭より高い棚が五つほど並び、そこには古書然とした本がぎっしりと並んでいた。

「こちらになります」

中太刀氏が示したのは部屋の端にある書見台だ。台の上には古い和綴《わと》じの書物が一冊鎮座している。

「こちらがお嬢様に指示された書物でございます。相羽《あいば》様にはこちらを読み解いていただければと思います」

「わかりました。しばしお時間をいただきます」

俺は『浄化』の魔法を手にかけて書見台に向かった。ちなみに古文書は素手で扱うのが基本らしい。

中太刀氏は数歩下がってそこで待機の姿勢をとる。

さて肝心のブツだが……俺はその本の表紙を見ていきなり面食らってしまった。

当然そこには古い字体で表題が書かれていたのだが……。

「中太刀さん、この本で間違いないんですよね？」

「はい、間違いございません」

俺が聞き返したのには訳がある。

「深淵《しんえん》より出《い》でし獣と異界の業《わざ》」と題された表題の脇に、明らかに日本語でない文字……『あの世界』の文字が書かれていたのである。

古文書には日本語と異世界語と両方が書かれており、九神としては日本語の方だけ読んでもらうつもりだったようだ。その日本語も相当に崩された文字で書かれていて、行書や草書に精通していても読むのは相当苦労する感じであった。『全言語理解』スキルが個人のクセ字にまで対応してくれなければお手上げだったろう。

俺は『超集中』『並列処理』『高速思考』スキルをフル活用して三十分ほどでその書物を一通り読み終えた。

本を閉じてふうと息を吐く。表題通り『深淵獣』について記された書物で、青奥寺家と九神家にとってはそれなりに意味がある情報が書かれていた。ただまあ正直この情報で現状が何か変わるかというと、多分何も変わらないだろう。

この書物の記述のうち、日本語で文章を書いたのは九神家の先祖のようだった。一方で異世界語を書いた人間が誰かは最後まで記述がなかった。だが『次元環』を通ってこっちの世界に来てしまった人間だろうというところは察しがついた。その点はリーララに話を聞いておいたことが役に立ったと言える。

「相羽様はその書物をお読みになることができるのですな」

俺が伸びをしていると中太刀氏が声をかけてきた。

「ええ、一通り読ませていただきました。この書物の半分は、日本の……というか地球の文字で書かれてないので自分以外には読めなかったでしょうね。世海さんが自分に頼んだのは幸運だったかもしれません」

「地球の文字ではない……とおっしゃいますと、他の星の文字ということですかな？」

「いえ、前にも言いましたが、私は昔この世界とは異なる世界に飛ばされましてね。この文字はその世界の文字なんですよ。だから私と同じ経験をした人間にしか読めないでしょう」

「にわかには信じられませんが、相羽様がおっしゃるならその通りなのでしょうな」

俺が九神《くかみ》家にそこまでの信用があるとも思えないが……まあ執事流の気遣いなんだろう。

「ただそこまで重要なことは書かれてなかったと思いますので期待はしないでください。自分にとってはなかなかに興味深かったのですが」

そんな話をしていると感知スキルに反応がある。三人の人間が近づいてくるが、後ろの二人は九神とメイドさんだ。では先頭は誰かと言うと……

「貴様、いったい誰の許可があって九神家の書庫に足を踏み入れている！　中太刀、お前がいながら何をしているのか。この書庫がどのような場所か知らぬお前ではないだろうが」

一方的に言いたてながら書庫に入ってきたのは、二十代前半と思われる金髪の貴公子然とした青年だった。

その声には覚えがあった。九神建設ビルの最上階でナルシスト発言をしていたあの声だ。

この神経質そうなハンサム顔の男が、九神建設の社長にして九神世海の兄、そして九神家の長男である『九神　藤真《とうま》』に間違いなかった。

応接間に戻された俺は、なぜか三人の男に囲まれていた。

正面に座るのは金髪イケメンの九神藤真、その横には側近らしい四十代の切れ者っぽい男が座り、さらに俺の後ろには身長二メートルほどもある筋骨たくましい三十前後の男が立っている。全員スーツ姿なのだが、会社員というよりはどこぞのマフィアみたいな感じに見えなくもない。

「なるほど、貴様が世海《せかい》を助けたという話はわかった。それについては感謝しよう。だがあの書庫に入ったことはそれとは別だ。あの部屋は九神家にとって極めて重要な部屋なのだ。誰の許しを得て入った」

「だからそれは私がお願いをしたと――」

九神が口を出そうとするが、藤真青年は手のひらをバッと九神の方に向け「お前には聞いていない」と切って捨てた。

その挙動があまりに芝居がかっているので俺としては笑いをこらえるのがキツい。

「自分があの部屋に入ったのは、世海さんにお願いをされたからです」

「なるほど。しかし聞けば貴様は学園の教師という話だ。その程度の立場の者を世海が書庫に入れるとは考えにくい。たとえ危ないところを救った人間だとしても、だ」

「そう言われましても頼まれたのは事実ですので。世海さんが自分をどうしてそこまで信用なさったのかは私にはわかりかねますが」

俺の答えに「ふん」と言うと、藤真青年は振り返って妹の九神を見た。

「なぜお前はこの男をそこまで信用した？」

「それは相羽先生が類まれなお力を持っていらっしゃるからですわ。人間的にも信用できると思いましたので書物の読解をお願いしたのです」

「それが十分な理由になると思っているのか？　おおかたお前はこの男に妙な感情でも抱いているのだろう。だから理屈とは関係なく信用した。違うか？」

「それは先生に対しても失礼ですわ。お兄様も先生のお力を見れば、九神家としても厚く遇さねばならないとお気付きになるはずです」

「くだらん。が、お前が言う通り、『深淵獣』のそれも乙上位を倒したというのが本当ならまあわからなくもない」

「それは本当のことです。中太刀《なかたち》も見ておりますので」

「お前の言葉に価値はない」

藤真青年はそこで俺に向き直った。

「おい貴様、それほどの力があるというのなら今ここで見せてもらおう。本当に力を持っているのであれば、妹の言にも一理あるということで不問に付す」

「はあ」

いや、この件に関しては、どう考えても俺に責はないと思うんだがなあ。多分彼の中では俺が妹の九神世海をたぶらかしたとか、そんな図式も成り立ってるんじゃなかろうか。

「お兄様、それは横暴というものですわ」

「黙れ。よし貴様、その後ろに立っている加藤と立ち合ってみろ。そいつも乙くらいなら簡単に倒せる男だ。そいつに勝てるなら力があると認めてやろう。権之内《ごんのうち》、構わんな？」

藤真青年はそこで隣に座る側近の男に目を向けた。

側近の切れ者っぽい中年男性……権之内氏は俺に鋭い視線を向けた後、「ええ、加藤を使ってやってください」と言った。どうやら後ろの大男は権之内氏の部下のようだ。

しかし俺の意見は全く聞かれないんだが、やっぱり特権階級ってどこも一部他人《ひと》の話を聞かない人間がいるものなんだろうか。マトモな人も多いんだが、どうも勇者に関わってくるのはアレな人が多かったんだよな。

「では外に出ろ。庭で立ち合ってもらう」

藤真青年はそう言い捨て、権之内氏と大男の加藤氏を連れてさっさと応接間を出ていってしまった。

その後ろ姿が見えなくなると、九神は俺に向き直って「先生、申し訳ありません」と頭をさげた。ただ確かに申し訳なさそうな顔はしてるけど、その口の端がちょっと笑ってたのを見逃す勇者でもないからね。

いやしかし、『あの世界』でよくやらされた腕試しをここでやることになるとは。勇者というのはお約束のイベントからは逃げられないのかもしれない。

広大な庭の円形に石畳が敷かれている場所で、俺は大男の加藤氏と向かい合った。

周りには藤真青年、権之内氏、九神、中太刀氏、そしてメイドの宇佐さんが立会人兼観客として立っている。

しかし目の前の大男の加藤氏はさっきから眉一つ動かさない。プロレスラーのような体格で四角い顔にオールバックといういかにもな風貌なのだが、どうにも生気が感じられない男である。感情を抑制しているというよりまるで感情がない人形のようだ。

「互いに素手で戦え。多少の怪我《けが》は治してやる。ギブアップを宣言するか、明らかに勝負がついたと判断したらそこで終わりにする。いいな?」

藤真青年の言葉に、俺と加藤氏は頷《うなず》く。

「では始めろ」

と青年が号令をかけると、権之内氏が、

「加藤、殺さない程度に痛めつけろ」

と大男に命じた。ふむ、命令系統は完全にわかれているようだな。

命令を受け、それまで人形のようだった加藤氏がいきなり動いた。腰を落としたかと思うと鋭い足さばきで一気に間合を詰めてくる。

「ふうぅっ!」

溜息《ためいき》のような呼気と共にゴツい拳が飛んでくる。最短距離で伸びてくるあたり格闘家としてかなりのレベルだとわかる。

俺は最小限の動きで次々に繰り出される突きや蹴りを捌《さば》いたり受けたりする。

加藤氏の体術はコンビネーションも見事だが、一撃一撃が異様に重かった。単純な打撃力だけで言えば、新良《にいら》と戦っていた『違法者《イリーガル・ワン》』くらいあるかもしれない。コイツ本当に人間か？

隙をついて……というか俺から見れば隙だらけだ……脇腹に軽く一撃拳を当ててやる。防御力も高いな。というか物理耐性を持ってるっぽい。しかし勇者の一撃に加藤氏は「ぐふ……」と呻《うめ》いて二、三歩下がった。

「……!?」

それを見てピクリと反応したのは権之内氏とメイドの宇佐さん、それと執事の中太刀氏だ。格闘技経験者はその三人か。

加藤氏はすぐに立ち直ると、さらに激しい打撃を繰り出してくる。

「しゅうっ！」

突き、と見せかけて襟を取りにくるのはバレバレだ。組み技は面倒なのでその腕を下から弾《はじ》く。関節が逆に曲がってしまったが後で治すので許してほしい。

「ぎ……っ!?」

痛みに呻きつつも膝蹴りを飛ばしてくるのは大したものだ。まあその前に俺の掌底《しょうてい》が顎をとらえているんだが。

加藤氏の巨体が浮き上がり、重力に従ってドサリと崩れ落ちる。そのまま動かなくなったので、俺は藤真青年の方に目を向けた。

「む……う」

「お兄様？」

藤真青年はしばらく黙ったままこめかみをピクピクと震えさせていた。癇癪《かんしゃく》をおこす寸前の子どものようだ。

「権之内、乙の『雫《しずく》』をもってこい」

「若？」

「いいからもってこい。加藤がここまで使えないとは思わなかった」

指示に従い、権之内氏がその場を去っていく。

何かを察したのか、九神が藤真青年に詰め寄る。

「お兄様、『雫』でなにをなさるおつもりですの？」

「この男は乙型を苦もなく倒したと言っていたな。それが本当かどうかを見せてもらう」

「それは約束が違いませんか？　先ほどは加藤に勝ったら認めるとおっしゃっていたはずですわ」

「俺が思っていたより加藤は使えなかったようだ。ゆえに実際に『深淵獣《しんえんじゅう》』を倒してもらう」

「そのような危険なことはおやめになってください。『深淵獣』の召喚はお父様にも厳しく禁じられているはずです」

「黙れ。俺が自分の目で確かめねば気が済まない性格なのは知っているだろう」

藤真青年はそう言って、九神から顔を背けそれ以上の会話を拒否する姿勢をとった。

しかし俺の意志は完全に無視のようだ。加藤氏を倒した時点で試験は終わりのはずなんだが。

一応俺も文句を言ってみるか……と考えていると、権之内氏が小型のアタッシュケースを持って現れた。どうやら車から持ってきたようだ。

「どうぞ若」

権之内氏が藤真青年の前でアタッシュケースを中身が見えるように開く。ちらと見ると、そこにはソフトボール大の黒い珠《たま》……『深淵の雫』がいくつも並んでいるのが見えた。

藤真青年はその一つを手に取ると俺の方を向いた。

「貴様は乙型を倒せるという話だったな。実際に倒せるかどうか見せてみろ」

「それは構いませんが、約束はどうなるのでしょう？」

「加藤は俺が思ったより弱かったようだ。それに関してはこちらのミスだと認めよう。ゆえに試験の形を変えて行う。これを倒せれば認めてやろう」

もはやむちゃくちゃな言い分ではあるが、こういう手合いは無駄に論破するより言われた通りにする方が話が早い。

それに『召喚』とやらにもちょっと興味はあるしな。

「わかりました。そちらが納得するような形でやってください」

「聞き分けがいいのは評価してやろう。ではいくぞ」

藤真青年は『深淵の雫』を片手で持つと胸の前に出し、精神を集中するような動作をした。『雫』がひとりでに震えだし、そして手から飛び出すと放物線を描いて地面に落ちる。

その瞬間『雫』は黒いスライムのようにゲル状になって広がり、その表面が立体的に盛り上がって何かの形をなそうとする。

ちょうど昔のSF映画で見た、床に広がった液体金属が人間型のアンドロイドに変化するみたいな感じだ。

数秒で『雫』は巨大な四本腕のカマキリの形に変化した。それは間違いなく、何度か戦っている『乙型深淵獣』に間違いなかった。

「本当に乙型を!?」

メイドの宇佐さんが九神を守るように前に出る。中太刀氏も懐から『深淵の雫』を出して結界の用意をしたようだ。

よく考えたら俺がこの巨大カマキリを倒せなかったら藤真《とうま》青年はどうする気だったんだろうか。加藤氏なら確かに倒せそうだが、今は俺のせいで戦闘不能になってるしなあ。

などと思っていると、カマキリはとりあえず俺に狙いを定めたようだ。

「先生、武器は……!?」

九神が叫ぶが、この程度なら素手でも問題はない。

俺は迫る四本の鎌をすべてカウンターのパンチで打ち砕いてやり、最後に噛《か》みつきに来た顎を下から蹴り上げてやる。頭部が棒で叩《たた》かれたスイカみたいに砕け散り、巨大カマキリの巨体は崩れ落ちて消えていく。

「正面から素手で……だと」

権之内氏がぼそっとつぶやく。その隣で藤真青年が青い顔で俺を睨《にら》んでいる。

「まだだ。もう少し力を見せろ！」

青年は今度は『雫』を三つ取り出して、同じように『召喚』を行った。カマキリ三体召喚というと先日の九神《くかみ》暗殺未遂を思い出すが……

「……っ!?　若、いけません、今の召喚は……！」

それまで表情を動かすことのなかった権之内氏が、わずかに狼狽《ろうばい》する様子を見せた。

その理由は、『召喚』の様子が先ほどと違うことのようだ。

宙を舞った三つの『雫』が空中で一つにまとまり地面に落ちる。

出現したのは体高二メートルはあろうかという黒い犬型の『深淵獣』だった。犬型と言っても口からは異様に長い牙が二本突き出ており、しかもその牙の間からは炎が吐息のように漏れだしている。

深淵獣　甲型
犬歯の発達した犬型の深淵獣
火球を連続で吐くことができるほか、格闘能力も極めて高い
一度獲物と定めた相手は自らが滅ぶまで追いかける

特性
斬撃耐性　刺突耐性　火耐性
スキル
体当たり　噛みつき　爪撃　ブレス（火球）

『あの世界』で『ヘルハウンド』と呼ばれたモンスターに近い深淵獣のようだ。『甲型』というのだから当然さっきの乙型カマキリより強力な深淵獣だろう。

権之内氏だけでなく九神お嬢様や執事の中太刀《なかたち》氏、そして召喚した本人である藤真青年まで青い顔をしているので、どうやらイレギュラーな召喚をしてしまったらしい。

青奥寺《あおうじ》ですらまだ乙型をなんとか狩れるレベルでしかないのだから、確かに甲型出現というのはかなりマズい状況だ。

「先生、これは甲型ですわ。宇佐と協力して戦った方がよろしいかと思いますが……」

ここで言葉が出るだけ九神は肝が据わってるな。

「大丈夫だ、俺一人で問題ない。ただこいつは火を吐くらしいから、ちょっと下がっててくれ」

俺が前に出ると、黒い巨犬は姿勢を低くして威嚇《いかく》の唸《うな》り声《ごえ》を漏らした。

ガフッ！

さらに足を前に進めると、巨犬は吠《ほ》えるように口を開いた。そこから迸《ほとばし》るのは直径一メートルほどの火の玉。

「おっと」

魔法で相殺してもいいのだが、観客《ギャラリー》が多いので自重した。代わりに魔力を拳に集めて放出、火球を粉砕する。

ガフッ！　ガフッ！

連続で放ってくる火球を粉砕しながら前に出る。

こちらの攻撃の間合に入る直前、巨犬が前足を走らせた。先に光るのは黒い鉤爪《かぎづめ》。

俺は『高速移動』スキルで前に出る。回避と同時の攻撃――だが巨犬は瞬時に後ろに飛びのいた。いい判断だ。一撃で終わるはずだったんだがな。

ガウッ!!

俺を強敵と認めたか、巨犬は巨体に似合わぬ軽快なステップから火球と爪のコンビネーション攻撃を仕掛けてくる。

火球は魔力で弾き、前足の一撃は『高速移動』でかわす。代わりにこちらも突きや蹴りを出してやるがクリーンヒットは与えられない。

ふむ、ちょっといい戦いみたいになってきたな。だが結果としてはこれでよかったのかもしれない。力を見せすぎるとマズそうな観客もいるし。

グアウッ!!

三分ほど相手をしてやると、巨犬は焦《じ》れたのか勝負を決めにきた。火球の連射とともに真っすぐに向かってくる。俺が火球を相殺すると、目の前には大きく開いた顎、そして刀のような二本の犬歯。

俺は蹴りで下顎と犬歯を砕いてやって、上顎を両手に抱えて背負い投げをかけてやる。俺を支点にして巨体が宙を舞う。地面に叩きつける寸前、俺は抱えた首を目いっぱいにひねった。湿った断裂音と乾いた破砕音を響かせながら、巨体が地面に叩きつけられる。

投げられた巨犬はそのまま二度と動かなかった。首をあさっての方向に向けた巨犬の亡《なき》骸《がら》が、黒い霧となって消えていく。

「倒した……んですの?」

九神が恐る恐るといった感じで聞いてくる。

「なんとかなったようだ。ええと、九神、さん? これで試験は終わりでよろしいでしょうか?」

藤真青年はしばらく呆然《ぼうぜん》としていたが、九神に「お兄様、しっかりしてくださいませ」と言われ我に返ったようだ。

「……う、うむ。貴様の力を認めてやろう」

と、それだけを吐き捨てるように言った。

見ると九神家の庭はかなり荒れてしまっていた。さすがにこれは俺のせいじゃないよな、とちょっと不安になる。

　その荒れた庭の片隅で、巨漢の加藤氏がまだ倒れたままであった。さすがにそのままにできないので近づいて回復魔法をかけてやる。

　ん？　なんか反応が妙だな。人間に魔法をかけている感じがしない。どちらかというとモンスターに近くないかコイツ。『アナライズ』。

クリムゾントワイライトエージェント　タイプ3
人間に近い身体構造を持つ人造の生命体
意志はなく命令に従って行動する
上位個体で、極めて高い能力を有する

特性
打撃耐性

スキル
格闘　射撃

待って待って！　ちょっとこれ超絶ヤバめの情報なんですけど!?　今の甲型との戦いとか、さっき読んだ古文書の内容とか全部吹っ飛ぶレベルですよこれ。

俺が腕の骨の位置を正すふりをして身体《からだ》を調べたりしていると、権之内《ごんのうち》氏が気配を殺してスッと近寄ってきた。さっきまで青い顔をしていたと思うのだが、やっぱこの人もただ者じゃないな。

「その男はこちらで治療します。お気になさらなくて結構」

と言って軽々と加藤の巨体を持ちあげて肩に担いだ。

よく見ると背はそれほどないが、身体はかなり鍛えられている。右目の上に斜めに切り傷が入っていてどう見ても裏稼業の人っぽいが、その目には藤真青年よりはるかに理知的な光がある。同時に底の見えなさも感じさせるところからして、この人かなり裏があるな。

「お兄様、これで相羽《あいば》先生のことはお認めになられますわね？」

「……仕方ない。今日のことについては不問に付そう」

藤真青年は芝居がかった動きで身をひるがえすと、そのまま権之内氏を連れて去って行った。

いや結局なんだったのかよくわからないんだが、確かにあれじゃ九神家の当主を任せるのは難しいな。九神世海《せかい》が策謀大好きお嬢様になるわけだ。

――九神家リビングにて　お嬢様と執事とメイドの会話

「お兄様は出られたのかしら？」

「はい、権之内を連れてビルの方に向かわれたようですな」

「なにかあるとすぐに自分の城に隠れてしまうのではどうにもなりませんわね。今回の失態は相当に大きいものですのに、それで済むとお考えなのかしら」

「ご当主様に呼ばれればいらっしゃるでしょう。藤真《とうま》様にとって今回の件はかなりこたえたでしょうし、今は仕方ないでしょうな」

「確かにそうでしょうけれど。あの加藤という男はお兄様の切り札の一つだったようですし、それを潰された上にあれだけの力を見せられたのですから、しばらくは大人しくしていて欲しいものですわ」

「相羽様はともかくとして、権之内もあの加藤という男をどこから見つけてきたのかは依然不明ですな」

「そうね……。その件については相羽先生が後で話があるとおっしゃっていましたけれど」

「ところでお嬢様、あの書物についてのお話はお信じになられますか？」

「相羽先生を疑ってかかるわけではありませんが、あまりに荒唐無稽なお話ですわね。異世界からやってきた何者かが『深淵獣《しんえんじゅう》』との戦い方と『深淵の雫《しずく》』の扱い方を伝えた、などと言われてもすぐに信じることは難しいですわ」

「そうですな。しかし相羽様も虚偽を述べている様子は一切ありませんでした」

「あれほどの力を持つ人間が詐欺師とは思いたくありませんわね。書物の謎の文については、いくつかの単語について対照表を作っていただいたのよね」

「はい。専門のチームに回せばある程度相羽様の言葉の真偽もわかるかと」

「それならいいわ。ところで相羽先生の力、今回近くで見てどう思って？」

「正直なところ、甲型を素手で倒すということ自体、私の考えが及ぶものではございません」

「そうね……。宇佐はどうかしら？　一度加藤とも戦っているし、『深淵獣』とも戦った経験はあるのよね」

「はい。加藤も人間離れした男なのですが、その加藤をまるで赤子のように扱うとなると、相羽様のお力はとても人間のものとは思えません。しかも甲型深淵獣すら倒したとなると、青奥寺家でなければその力は理解できないかと思います」

「やはりそうなのね」

「加藤ならばやりようによっては勝てるでしょうし、乙型も宇佐家のものが五人いれば対応は可能でしょう。しかし相羽様には触れることすらできないと思います」

「相羽先生は本当に人間なのかしら？　ますます謎が深まりますわね」

「異世界の勇者というのも嘘《うそ》ではないのかもしれませんな」

「あの書物の言葉が異世界のものだというなら、その解読がすすめば相羽先生勇者説の信《しん》憑性《ぴょうせい》も上がるかもしれませんわね」

「そうですな。ところでお嬢様、かの方には後で一言謝罪をされた方がよろしいかと」

「相羽先生に？　もちろん騒動に巻き込んだことはもう一度謝罪はするつもりですけれど」

「いえ、かの方はお嬢様が裏で藤真様をたきつけていたことも察知していらっしゃいました。帰りの車の中でそれとなく伝えられましたので」

「本当に？　相羽先生、ますます底が知れませんわね。もし後ろ暗い所がないのであれば九神《くかみ》家に欲しい人材ですわ」

「その点については賛同いたします」

「美園《みその》の家も同じことを考えているかしら？　婿入りしてもらうなんて考えていたりして……ふふっ、今度美園をからかってみるのも面白そうね」

――とある事務所

いかにも高価そうな調度品が並ぶ事務所に、四十代と思《おぼ》しきその男はいた。革張りの椅子に背を預け、神経質そうに目の上の傷に指を這《は》わせている。左手にはスマートフォンが納まっており、何者かと連絡を取っているところだった。

「……そうだ、加藤があっさりとやられた。しかも甲型深淵獣まで素手で倒した。俺も近くで見ていたがアレは到底人間とは思えん。そちらの新型ではないのか？」

『違うな。こちらの新型ではまだ単体で甲を倒すまでには至っていない』

「ふむ……。では『白狐《びゃっこ》』のメンバーという線はどうだ。人体強化まがいのことをしていたと聞いているが」

『人体強化を受けたと思われるメンバーは一人しか確認できてない。いまこちらも「白狐」に対してはエージェントのテスト目的で攻勢をかけている。奴《やつ》をそちらに回す余裕はないはずだ』

「なるほど、それでは人体強化の線も薄いか」

『ほかに情報はないのか？』

「ああ、こちらも情報はほとんどない。お嬢様の通う学校の教師という話しか知らん。なぜあの気難しいお嬢様が信頼を寄せているのか、そこもわからん」

『……ふむ。実は先日、お前の情報をもとに「雫」を奪いに行かせたのだが、十分な戦力を向かわせたにもかかわらず全滅したのだ』

「例の研究所の件か。『白狐』の腕利きを仕留めそこなったという。なるほど、もしそれにあの男が関わっていたというなら納得はできる。タイプ1などいくらいても相手になるまい。銃すら役にたたん可能性もあるぞアレは」

『お前がお嬢様を襲わせたのを邪魔したのもそいつではないか?』

「……たしかにそれは考えられるな。すると青奥寺《あおうじ》家ともつながりが……同じ学校の教員なのだから当然か」

『なんにせよ予期せぬイレギュラーということだな。だが今はイレギュラーにかかわっている時ではない』

「こちらもアレに手を出すつもりはない。ウチのお坊ちゃんが暴走しない限りはな。しかしこれで当主のすげ替えが面倒になった。そっちも困るだろう?」

『近い内に新型の量産を始める。そのタイミングでイレギュラーには対応しよう』

「戦力を揃《そろ》えるのが先か。こちらも異論はない」

『ただしそのためには「雫」が必要だ。九神から奪うのが難しくなった以上、その確保にはお前の力が必要だ』

「そうだろうな。タイプ3……加藤を使っての採取はできそうだ。いくつかは融通しよう。ただ全量は無理だ、こちらの策にも使うのでな」

『うむ、そこは頼らせてもらう。話は以上だ。真正の秩序のために』

「ああ、真正の秩序のために。ではな」

「……ふむ、あれほどの人間を組織が感知していないということがあるとはな。相羽走《はしる》、か。厄介なイレギュラーが現れたものだが、奴が相手なら甲型の上まで出さねばならんということになるか。禁忌中の禁忌だが、必要なら手を付けるしかあるまいな」

男は背もたれに体重を預けると、深く息を吐きだして、しばし目をつぶったまま動かなかった。

エピローグ

週が明けて月曜日、今日から生徒たちは中間テストになる。

朝学校に向かって歩いていくと、「勉強した?」「範囲間に合わなかった」などといったテスト直前お約束の会話をしながら登校する生徒たちがいる。

明蘭《めいらん》学園の校門を過ぎると、後ろから近づいてくる三つの気配。

「先生、おはようございます」

「おはようございます」

「先生おはようございますっ!」

青奥寺と新良《にいら》、そして双党《そうとう》が仲良く俺に挨拶をしてくる。

「おはよう。テスト勉強は十分できたか?」

「私は二週間前からやっていたので大丈夫です」

「私も問題ありません。いざとなれば学習システムもありますので」

「えっ、璃々緒《りりお》それはズルくない!? 今日のテストは諦めるから、明日のために私にも使わせて」

新良の『学習システム』とやらはちょっと教師としては聞き捨てならないが、まあ「いざとなれば」と言っているのだから使ってはいないんだろう。

問題は双党の方だな。今日は俺の現代文のテストがあるはずだ。

「今日のテストは諦めるっていうのはどういう意味かな双党さん？」

俺が拳をこめかみのあたりに近づけてやると、小動物系女子はあわてて飛びのいた。

「冗談ですよ冗談っ。しっかり勉強はしてますからっ。……私なりにですけど」

「『私なり』とか、『行けたら行く』なみに信用できない言葉だな」

「そこまでじゃなくないですか？　ちゃんと平均点は超えるくらいはやってますから」

「双党の『私なり』のレベルが低いのはわかった」

「ひどっ！」

双党が頬を膨らませて新良の腕を取る。長身の新良に小柄な双党がくっつくとまるで木にしがみつくコアラだな。

そんな想像で一人内心でウケていると、青奥寺が黒髪の下から鋭い眼光を飛ばしてきた。とはいえそれが青奥寺の普通の視線ではあるというのはわかってきている。

「ところで先生、土曜日は世海《せかい》……九神さんのところに行ったんですよね？　なにかありましたか？」

「ああ、実際に古文書は読んできたよ。青奥寺家にも関係のあることが書かれていたけど、俺の口からは言えない。ただ九神家の方で再度解読はするみたいだから、内容が確定したら青奥寺のところにも話は行くんじゃないかな」

「そうですか。それだけですか？」

「ん～、まあちょっとしたトラブルもあったといえばあったけど、それも今言える内容じゃないかな」

「土曜日の昼頃に大きな『深淵獣《しんえんじゅう》』の反応があったんです。すぐに消えたんですけど、場所が九神さんの家の近くだったので一応見回りには行きました。先生が関わってるんだと思ったんですが違いますか？」

ああ、やっぱり青奥寺の方でも感知したのか。確かに『甲型』が感知されたとなれば騒ぎにはなるよなあ。

「青奥寺の考えの通りだよ。ちょっと強力な『深淵獣』が出現してそれを俺が倒した。ただそれ以上は詳しくは言えないんだ。悪いな」

「九神さんの方で口止めされたんですね。それならこれ以上は聞きません。討伐していただいてありがとうございます」

と話を打ち切ってくれたが、九神家が『深淵獣』を召喚できることは青奥寺も知っているみたいだし、恐らく事情は察していることだろう。

青奥寺が引くと、新良が双党をくっつけたまま俺の顔を覗《のぞ》き込んでくる。

「ところで先生、試験が終わったらまた組手の相手をお願いします。それとできればアームドスーツを装着しての格闘戦の相手もして欲しいのですが」

「同好会の方の練習ならもちろん付き合うが……アームドスーツはさすがに学校じゃ着けないよな？」

「そうですね。ですので休みの日などにお願いすることになります。だめでしょうか?」

「どうしてもっていうならやってやってもいいが……」

戦う人間が強くなりたいというならそれを手伝うのは勇者としてやぶさかではない。

ただ休日にプライベートで生徒と会うってのはなあ。

俺の様子をうかがう青奥寺の眼光が明らかに強くなってるし。

でも部活ということなら大丈夫か?

「先生、休日に璃々緒と二人だけでトレーニングするつもりではありませんよね?」

「部活ってことでセーフには……」

「ならないと思います。部活でも校外に出るときは男女一人ずつになるのは禁止されてると前に熊上先生がおっしゃってました」

「あ〜、たしかにそんな注意を研修で受けた気がするな」

「じゃあ私たち三人で会えばいいですよね。場所はこのあいだの採石場跡地ですか? 予定しておきますねっ」

「ちょっとかがり、勝手に決めないで」

「あれ、美園《みその》は不参加ってこと?」

「参加はするけど、相談は必要でしょう。璃々緒、先生、それでいいですか?」

「私は構わない」

「わかった。俺も予定しておくよ」

う~ん、明蘭学園自体は比較的ホワイトな職場なんだが、どうも休みの日がしょっちゅう埋まってるような気が……

まあ生徒が、それも戦う生徒が強くなりたいというのなら、勇者としても教師としても無下《むげ》にはできないからな。むしろ自分のスキルが活《い》かせる職場だと思えばラッキーまである……なんて考えるのは、やはり勇者のブラック体質のせいなんだろうなあ。

あとがき

まずはじめに、ここに『勇者先生』第一巻をお届けできたことを関係者の皆様に御礼申し上げます。特にウェブ版でご支持くださった読者の皆様のおかげでこの小説は陽《ひ》の目を見ることができたのだと思います。重ねて感謝申し上げます。

さて拙作『勇者先生』ですが、最強異世界勇者のまわりに訳あり女子がいっぱいいたら面白いだろうな～くらいの軽い気持ちで書き始めたお話です。そんなお話が、多くの方に気に入られ、オーバーラップ様に拾っていただいたのは幸運としか言いようがありません。

この小説を書くにあたって、主人公はさておいて、ヒロインたちのビジュアルに関してはイメージを膨らませながら書きました。書籍化にともなって、彼女たちが竹花ノート様の手によってビジュアライズされたことが私にとって一番の喜びです。

特に青奥寺《あおうじ》さんの目つきは絶対に絵で見たい！　という強い思いがありました。それが実現した今、もう思い残すことは……まだまだあるんですよねえ。なにしろ本作はさらに多数のヒロインが登場する予定です。彼女たちの顔を見るまでは終われません。

そんなわけで、第二巻で再び皆様にお会いできることを願いつつ。

作品のご感想、ファンレターをお待ちしています

あて先
〒141-0031
東京都品川区西五反田8-1-5 五反田光和ビル4階
ライトノベル編集部
「次佐駆人」先生係／「竹花ノート」先生係

PC、スマホからWEBアンケートに答えてゲット！

★この書籍で使用しているイラストの『無料壁紙』
★さらに図書カード（1000円分）を毎月10名に抽選でプレゼント！

▶https://over-lap.co.jp/824009432
二次元バーコードまたはURLより本書へのアンケートにご協力ください。
オーバーラップ文庫公式HPのトップページからもアクセスいただけます。
※スマートフォンとPCからのアクセスにのみ対応しております。
※サイトへのアクセスや登録時に発生する通信費等はご負担ください。
※中学生以下の方は保護者の方の了承を得てから回答してください。

オーバーラップ文庫公式HP▶https://over-lap.co.jp/lnv/

OVERLAP

異世界帰りの勇者先生の無双譚 1
～教え子たちが化物や宇宙人や謎の組織と
戦ってる件～

発　行　2024年9月25日　初版第一刷発行

著　者　次佐駆人
発行者　永田勝治
発行所　株式会社オーバーラップ
〒141-0031　東京都品川区西五反田 8-1-5
校正・DTP　株式会社鷗来堂
印刷・製本　大日本印刷株式会社

©2024 JISA KUHITO
Printed in Japan　ISBN 978-4-8240-0943-2 C0193

※本書の内容を無断で複製・複写・放送・データ配信などをすることは、固くお断り致します。
※乱丁本・落丁本はお取り替え致します。下記カスタマーサポートセンターまでご連絡ください。
※定価はカバーに表示してあります。
オーバーラップ　カスタマーサポート
電話：03-6219-0850 ／受付時間 10:00～18:00（土日祝日をのぞく）

第12回 オーバーラップ文庫大賞
原稿募集中!
イラスト：片桐
これは、世界を変える魔法《ものがたり》
【賞金】
大賞…300万円
（3巻刊行確約＋コミカライズ確約）
金賞……100万円
（3巻刊行確約）
銀賞………30万円
（2巻刊行確約）
佳作………10万円
【締め切り】
第1ターン 2024年6月末日
第2ターン 2024年12月末日
各ターンの締め切り後4ヶ月以内に佳作を発表。通期で佳作に選出された作品の中から、「大賞」、「金賞」、「銀賞」を選出します。
投稿はオンラインで！ 結果も評価シートもサイトをチェック！
https://over-lap.co.jp/bunko/award/
〈オーバーラップ文庫大賞オンライン〉
※最新情報および応募詳細については上記サイトをご覧ください。
※紙での応募受付は行っておりません。